台灣の讀者の皆さんへのコメント

海を越えて旅したことのない私の書いた小說が、
海を越えて多くの讀者の皆樣のもとに届いていることを、
心から嬉しく思っています。
この作品も、どうぞお樂しみいただけますように！

致親愛的台灣讀者

從未出國旅行的我，
這次很高興自己寫的小說能跨海與許多讀者見面，
希望這部作品能帶給您無上的閱讀樂趣。

宮部みゆき

宮部美幸

本所深川不可思議草紙

茂呂美耶 譯

本所深川ふしぎ草紙

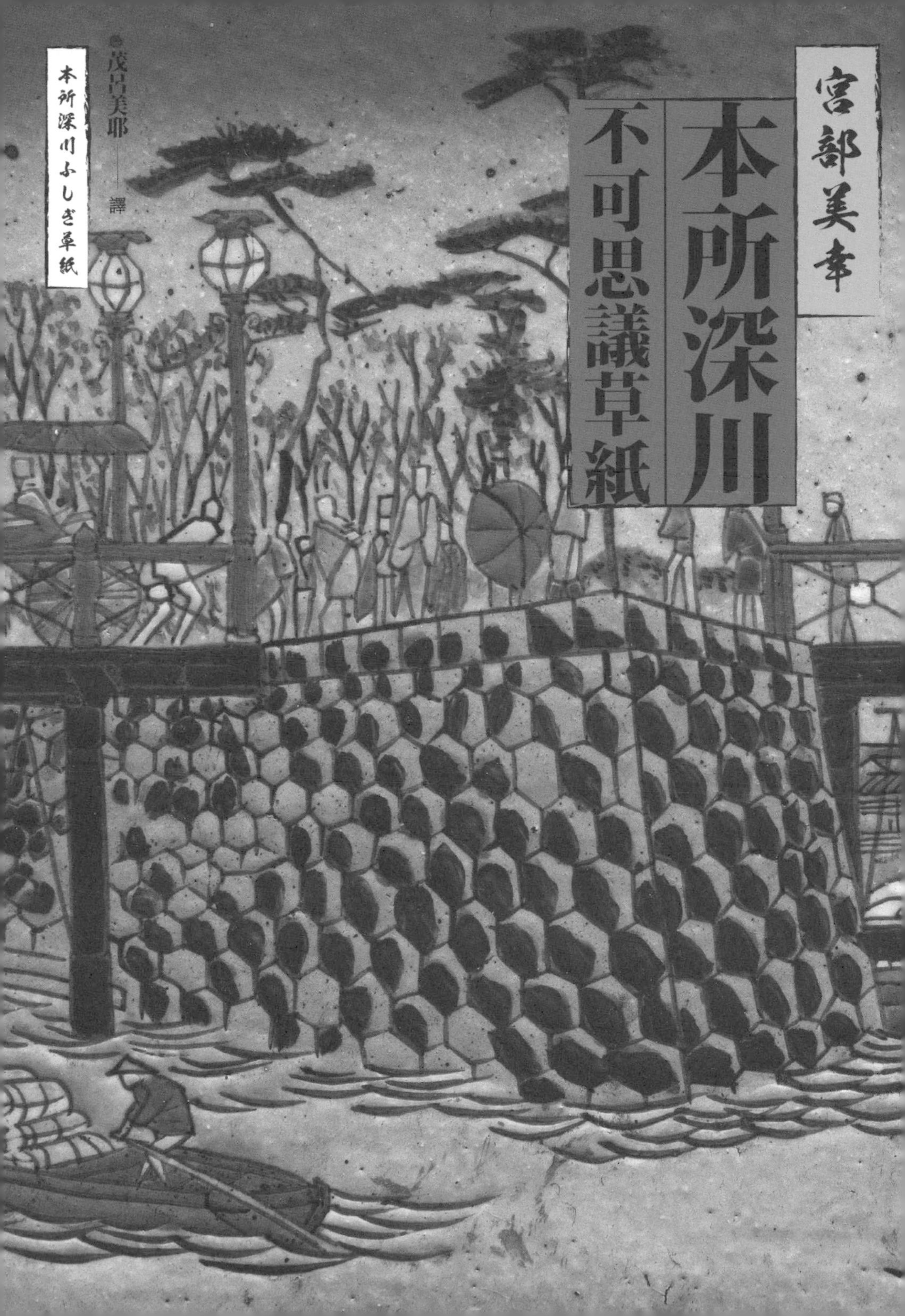

宮部美幸

作品集／05
MIYABE MIYUKI

本所深川不可思議草紙

Contents

總導讀 宮部美幸的推理文學世界「增補版」 傅博 005

譯序 時代小說是一種鴉片，與宮部美幸熱潮 茂呂美耶 019

推薦序 宮部美幸小說的原點 胡川安 023

第一篇 單邊蘆葉 031

第二篇 送行燈籠 061

第三篇 擱下渠 079

第四篇 不落葉的櫧樹 105

第五篇 愚弄伴奏 133

第六篇 洗腳宅邸 159

第七篇 不滅的掛燈 187

解說 詭怪傳說與捕物結合的連作集——談《本所深川不可思議草紙》 傅博 218

總導讀——傅博
宮部美幸的推理文學世界「增補版」

日本當代國民作家宮部美幸

近年來在日本的雜誌上，偶爾會看到尊稱宮部美幸爲國民作家的文章。怎樣才能榮獲這個名譽呢？好像沒有確切的答案，然而綜觀過去被尊稱爲國民作家的作家生涯便不難看出國民作家的共同特徵。

明治維新（一八六八年）一百多年以來，被尊稱爲國民作家的爲數不多，夏目漱石和吉川英治是最早期的國民作家。夏目漱石是純文學大師，其作品具大眾性，一九一六年逝世至今，已歷一百年，其作品在書店仍然可見，代表作有《我是貓》、《少爺》等等。吉川英治是大眾文學大師，其作品有濃厚的思想性，對二次大戰戰敗的日本國民發揮了鼓舞的作用，其著作等身，代表作有《宮本武藏》、《新．平家物語》等等。

屬於戰後世代的國民作家有松本清張和司馬遼太郎。松本清張是社會派推理文學大師，其寫作範圍十分廣泛，除了推理小說之外，對日本古代史研究、挖掘昭和史等，留下不可磨滅的貢獻。司馬遼太郎是歷史文學大師，早期創作時代小說，之後撰寫歷史小說和文化論。這兩位作家的共同特徵是，著作豐富、作品領域廣泛、質與量兼俱。他們的思想對一九六〇年代後的日本文化發揮了影響力。

上述四位之外，日本推理小說之父江戶川亂步、時代小說大師山本周五郎，以及文學史上創作量最多、男女老少人人喜愛的赤川次郎也榮獲國民作家的尊稱。

綜觀以上的國民作家，其必備條件似乎是著作豐富、多傑作；作品具藝術性、思想性、社會性、娛樂性、普遍性；讀者不分男女，長期受到廣泛的老、中、青、少、勞動者以及知識分子的閱讀。

宮部美幸出道至今未滿二十年，共出版了四十三部作品，包括四十萬字以上的巨篇八部、長篇二十四部、中篇集四部、短篇集十三部，非小說類有繪本兩冊、隨筆一冊、對談集一冊。以平均每年出版兩冊的數量來說，在日本並非多產作家，但是令人佩服的是，其寫作題材廣泛、多樣，品質又高，幾乎沒有失敗之作。所獲得的文學獎與同世代作家相較，名列第一，該得的獎都拿光了。質的成功與量成比例，是宮部美幸文學的最大武器，也是獲得國民作家之稱的最大因素。

宮部美幸，本名矢部美幸，一九六〇年十二月二十三日生於東京都江東區深川。東京都立墨田川高中畢業之後，到速記學校學習速記，並在法律事務所上班，負責速記，吸收了很多法律知識。一九八四年四月起在講談社主辦的娛樂小說教室學習創作。

一九八七年，〈吾家鄰人的犯罪〉獲第二十六屆《ＡＬＬ讀物》推理小說新人獎，〈鎌鼬〉獲第十二屆歷史文學獎佳作。一位新人，同年以不同領域的作品獲得兩種徵文比賽獎項實爲罕見。

前者是透過一名少年的觀點，以幽默輕鬆的筆調記述和舅舅、妹妹三人綁架小狗的計畫所引發的意外事件，是一篇以意外收場取勝的青春推理佳作，文風具有赤川次郎的味道。後者是以德川幕府時代的江戶（今東京）爲時空背景的時代推理小說。故事記述一名少女追查試刀殺人的凶手之經過，全篇洋溢懸疑、冒險的氣氛。

要認識一位作家的本質，最好的方法就是閱讀其全部的作品。當其著作豐厚，無暇全部閱讀時，則是先閱讀其處女作，因爲作家的原點就在處女作。以宮部美幸爲例，其作品裡的偵探，不管是系列偵探或個案偵探，很少是職業偵探，大多是基於好奇心，欲知發生在自己周遭的事件眞相，而做起偵探的業餘偵探，這些主角在推理小說是少年，在時代小說則是少女。其文體幽默輕鬆，故事收場不陰冷而十分溫馨，這些特徵在其雙線處女作之中已明顯呈現。

繼處女作之後的作品路線，即須視該作家的思惟了；有的一生堅持一條主線，不改作風，只追求同一主題，日本的推理小說家大多屬於這種單線作家——解謎、冷硬、懸疑、冒險、犯罪等各有專職作家。

另一種作家就不單純了，嘗試各種領域的小說，屬於這種複線型的推理作家不多，宮部美幸即是罕見的複線型全方位推理作家。她發表不同領域的處女作——推理小說和時代小說——同時獲得肯定，登龍推理文壇之後，此雙線成爲宮部美幸的創作主軸。

一九八九年，宮部美幸以《魔術的耳語》獲得第二屆日本推理懸疑小說大獎，拓寬了創作路線，由此確立推理作家的地位，並成爲暢銷作家。

宮部美幸作品的三大系統

這次宮部美幸授權獨步文化出版社，發行台灣版《宮部美幸作品集》二十七部（二十三部中有四部分爲上下兩冊），筆者以這二十三部爲主，按其類型分別簡介如下。

要完整歸類全方位作家宮部美幸的作品實非易事，然其作品主題是推理則毋庸置疑。筆者綜合故事的時空背景以及現實與非現實的題材，將它分爲三大系統。第一類爲推理小說，第二類時代小說，第三類奇幻小說，而每系統可再依其內容細分爲幾種系列。

一、推理小說系統的作品

宮部美幸的出道與新本格派崛起（一九八七年）是同一時期，早期作品除可能受此影響之外，文體、人物設定、作品架構等，可就是受到赤川次郎的影響了。所以她早期的推理小說大多屬於青春解謎的推理小說；許多短篇沒有陰險的殺人事件登場，大多是以日常生活中的家庭糾紛爲主題，屬於日常之謎系列的推理小說不少。屬於本系列的有：

1. 《吾家鄰人的犯罪》（短篇集，一九九〇年一月出版）收錄處女作以及之後發表的青春推理短篇四篇。早期推理短篇的代表作。

2. 《完美的藍——阿正事件簿之一》（長篇，一九八九年二月出版／獨步文化版・宮部美幸作品集01——以下只記集號）「元警犬系列」第一集。透過一隻退休警犬「阿正」的觀點，描述牠與現在的主人——蓮見偵探事務所調查員加代子——的辦案過程。故事是阿正和加代子找到離家出走的少年，在將少年帶回家的途中，目睹高中棒球明星球員（少年的哥哥）被潑汽油燒死的過程。在搜查過程中浮現的製藥公司的陰謀是什麼？「完美的藍」是藥品名。具社會派氣氛。

3.《阿正當家——阿正事件簿之二》（連作短篇集，一九九七年十一月出版／16）「元警犬系列」第二集。收錄〈動人心弦〉等五個短篇，在第五篇〈阿正的辯白〉裡，宮部美幸以事件委託人登場。

4.《這一夜，誰能安睡？》（長篇，一九九二年二月出版／06）「島崎俊彥系列」第一集。透過中學一年級生緒方雅男的觀點，記述與同學島崎俊彥一同調查一名股市投機商贈與雅男的母親五億圓後，接獲恐嚇電話、父親離家出走等事件的眞相，事件意外展開、溫馨收場。

5.《少年島崎不思議事件簿》（長篇，一九九五年五月出版／13）「島崎俊彥系列」第二集。在秋天的某個晚上，雅男和俊男兩人參加白河公園的蟲鳴會，主要是因爲雅男想看所喜歡的工藤小姐一眼，但是到了公園門口，卻碰到殺人事件，被害人是工藤的表姊，於是兩人開始調查眞相，發現事件背後的賣春組織。具社會派氣氛。

6.《無止境的殺人》（長篇，一九九二年九月出版／08）將錢包擬人化，由十個錢包輪流講自己所見的主人行爲而構成一部解謎的推理小說。人的最大欲望是金錢，作者功力非凡，藉由放錢的錢包揭開十個不同的人格，而構成解謎之作，是一部由連作構成的異色作品。

7.《繼父》（連作短篇集，一九九三年三月出版／09）「繼父系列」第一集。一個行竊失風的小偷，摔落至一對十三歲雙胞胎兄弟家裡，這對兄弟的父母失和，留下孩子各自離家出走，於是兄弟倆要求小偷當他們的爸爸，否則就報警，將他送進監獄，小偷不得已，承諾兄弟倆當繼父。不久，在這奇妙的家庭裡，發生七件奇妙的事件，他們全力以赴解決這七件案件。典型的幽默推理小說集。

8.《寂寞獵人》（連作短篇集，一九九三年十月出版／11）「田邊書店系列」第一集。以第三人稱多觀點記述在田邊舊書店周遭所發生的與書有關的謎團六篇。各篇主題迴異，有命案、有日常之謎、有異常心理、有懸疑。解謎者是田邊舊書店店主岩永幸吉和孫子稔。文體幽默輕鬆，但是收場不一定明朗，有的很嚴肅。

9.《誰？》（長篇，二〇〇三年十一月出版／30）「杉村三郎系列」第一集。今多企業集團會長今多嘉親之司機 田信夫被自行車撞死，信夫有兩個未出嫁的女兒，聰美與梨子。梨子向今多會長提議，要出版父親的傳記，以找出嫌犯。於是，今多要求在集團廣報室上班的女婿杉村三郎協助姊妹倆出書事務。聰美卻反對出書，杉村認爲兩姊妹不睦，藏有玄機，他深入調查，果然……

10.《無名毒》（長篇，二〇〇六年八月出版／31）「杉村三郎系列」第二集。今多企業集團廣報室臨時僱用的女職員原田泉與總編吵架，寄出一封黑函後，即告失蹤。原田的性格原來就稍有異常，今多會長要求杉村三郎調查眞相。杉村到處尋找原田的過程中，認識曾經調查過原田的私家偵探北見一郎，之後杉村在北見家裡遇到「隨機連環毒殺案」第四名犧牲者的孫女古屋美知香，於是捲入毒殺事件的漩渦中。杉村探案的特徵是，在今多會長叫他處理公務上的糾紛過程中，因其正義感使他去解決另外的事件。

以上十部可歸類爲解謎推理小說，而從文體和重要登場人物等來歸類則是屬於幽默推理、青春推理爲多。屬於這個系列的另有以下兩部。

11.《地下街之雨》（短篇集，一九九四年四月出版）。

12.《人質卡濃》（短篇集，一九九六年一月出版）。

以下九部的題材、內容比較嚴肅，犯罪規模大，呈現作者的社會意識。有懸疑推理、有社會派推理、有報導文體的犯罪小說。

13.《魔術的耳語》（長篇，一九八九年十二月出版／02）獲第二屆日本推理懸疑小說大獎的社會派推理傑作。三起看似互不相干的年輕女性的死亡案件，和正在進行的第四起案件如何演變成連續殺人案。十六歲的少年日下守，爲了證實被逮捕的叔叔無罪，挑戰事件背後的魔術師的陰謀。宮部美幸早期代表作。

14.《Level 7》（長篇，一九九〇年九月出版／03）一對年輕男女在醒來之後失去記憶，手臂上被印上「Level 7」；一名高中女生在日記留下「到了 Level 7 會不會回不來」之後離奇失蹤。尋找自我的男女，和尋找失蹤女高中生的眞行寺悅子醫師相遇，一起追查 Level 7 的陰謀。兩個事件錯綜複雜，發展爲殺人事件。宮部後期的奇幻推理小說的先驅之作、早期代表作。

15.《獵捕史奈克》（長篇，一九九二年六月出版／07）持散彈槍闖入大飯店婚宴的年輕女子關沼惠子、欲利用惠子所持的槍犯案的中年男子織口邦雄、欲阻止邦雄陰謀的青年佐倉修治、欲去探望臥病妻子的優柔寡斷的神谷尙之、承辦本案的黑澤洋次刑警，這群各有不同目的的人相互交錯，故事向金澤之地收束。是一部上乘的懸疑推理小說。

16.《火車》（長篇，一九九二年七月出版）榮獲第六屆山本周五郎獎。停職中的刑警本間俊介受親戚栗坂和也之託，尋找失蹤的未婚妻關根彰子，在尋人的過程中，發現信用卡破產猶如地獄般的現實社會，是一部揭發社會黑暗的社會派推理傑作，宮部第二期的代表作。

17.《理由》（長篇，一九九八年六月出版）二〇〇一年榮獲第一百二十屆直木獎和第十七屆日本冒險小說協會大獎。東京荒川區的超高大樓的四十樓發生全家四人被殺害的事件。然而這被殺的四人並非此宅的住戶，而這四人也不是同一家族，沒有任何血緣關係。他們爲何僞裝成家人一起生活？他們到底是什麼人？又想做什麼？重重的謎團讓事件複雜化，事件的眞相是什麼？一部報導文學形式的社會派推理傑作。宮部第二期的代表作。

18.《模仿犯》（百萬字長篇，二〇〇一年四月出版）同時榮獲第五十五屆每日出版文化獎特別獎，二〇〇二年同時榮獲第五屆司馬遼太郎獎和二〇〇一年度藝術選獎文部科學大臣獎文學部門獎。在公園的垃圾堆裡，同時發現女性的右手腕與一名失蹤女性的皮包，不久凶手打電話到電視公司和失主家中，果然在凶手所指示的地點發現已經化爲白骨的女性屍體，是利用電視新聞的劇場型犯罪。不久，表面上連續殺人案一起終結，之後卻意外展開新局面。是一部揭發現代社會問題的犯罪小說，宮部文學截至目前爲止的最高傑作，推理文學史上的不朽名著。

19.《R．P．G》（長篇，二〇〇一年八月出版／22）在食品公司上班的所田良介於杉並區的建築工地被刺死，在他的屍體上找到三天前在澀谷區被絞殺的大學女生今井直子身上所發現的同樣纖維，於是兩個轄區的警察組成共同搜查總部，而曾經在《模仿犯》登場的武上悅郎則與在《十字火焰》登場的石津知佳子連袂登場。是一部現今在網路上流行的虛擬家族遊戲爲主題的社會派推理小說。

宮部美幸的社會派推理作品尚有：

20.《東京下町殺人暮色》（原題《東京殺人暮色》，長篇，一九九〇年四月出版）。

21.《不需要回答》（短篇集，一九九一年十月出版／37）。

二、時代小說系統的作品

時代小說是與現代小說和推理小說鼎足而立的三大大眾文學。凡是以明治維新之前為時代背景的小說，總稱為時代小說或歷史‧時代小說。

時代小說視其題材、登場人物、主題等再細分為市井、人情、股旅（以浪子的流浪為主題）、劍豪、歷史（以歷史上的實際人物為主題）、忍法（以特殊工夫的武鬥為主題）、捕物等小說。

捕物小說又稱捕物帳、捕物帖、捕者帳等，近年推理小說的範疇不斷擴大，將捕物小說稱為時代推理小說，歸為推理小說的子領域之一。捕物小說的創作形式是日本獨有，其起源比日本推理小說早六年。一九一七年，岡本綺堂（劇作家、劇評家、小說家）發表《半七捕物帳》的首篇作〈阿文的魂魄〉，是公認的捕物小說原點。

據作者回憶，執筆《半七捕物帳》的動機是要塑造日本的福爾摩斯——半七，同時欲將故事背景的江戶的人情和風物以小說形式留給後世。之後，很多作家模仿《半七捕物帳》的形式，創作了很多捕物小說。

由此可知，捕物小說與推理小說的不同之處是以江戶的人情、風物為經，謎團、推理為緯而構成的小說。因此，捕物小說分為以人情、風物為主，與謎團、推理取勝的兩個系統。前者的代表作是野村胡堂的《錢形平次捕物帳》，後者即以《半七捕物帳》為代表。

宮部美幸的時代小說有十一部，大多屬於以人情、風物取勝的捕物小說。

22.《本所深川不可思議草紙》（連作短篇集，一九九一年四月出版／05）「茂七系列」第一集。榮獲第十三屆吉川英治文學新人獎。江戶的平民住宅區本所深川，有七件不可思議的事象，作者以此七事象爲題材，結合犯罪，構成七篇捕物小說。破案的是回向院捕吏茂七，但是他不是主角，每篇另有主角，大多是未滿二十歲的少女。以人情、風物取勝的時代推理佳作。

23.《幻色江戶曆》（連作短篇集，一九九四年八月出版／12）以江戶十二個月的風物詩爲題，結合犯罪、怪異構成十二篇故事。以人情、風物取勝的時代推理小說。

24.《最初物語》（連作短篇集，一九九五年七月出版，二〇〇一年六月出版珍藏版，增補一篇作品／21）「茂七系列」第二集。以茂七爲主角，記述七篇茂七與部下系吉和權三辦案的經過，作者在每篇另有記述與故事沒有直接關係的季節食物掌故，介紹江戶風物詩。人情、風物、謎團、推理並重的時代推理小說。

25.《顫動岩——通靈阿初捕物帳1》（長篇，一九九三年九月出版／10）「阿初系列」第一集。破案的主角是一名具有通靈能力的十六歲少女阿初，她看得見普通人看不見的東西，而且一般人聽不到的聲音也聽得到。某日，深川發生死人附身事件，幾乎與此同時，武士住宅裡的岩石開始顫動。這兩件靈異事件是否有關聯？背後有什麼陰謀？一部以怪異取勝的時代推理小說。

26.《天狗風——通靈阿初捕物帳2》（長篇，一九九七年十一月出版／15）「阿初系列」第二集。天亮颳起大風時，少女一個一個地消失，十七歲的阿初在追查少女連續失蹤案的過程中遇到邪惡的天狗。天狗的眞相是什麼？其陰謀是什麼？也是以怪異取勝的時代推理小說。

27.《糊塗蟲》（長篇，二〇〇〇年四月出版／19．20）「糊塗蟲系列」第一集。深川北町的鐵瓶大雜院發生殺人事件後，住民相繼失蹤，是連續殺人案？抑或另有陰謀？負責辦案的是怕麻煩的小官井筒平四郎，協助他破案的是聰明的美少年弓之助。本故事架構很特別，作者先在冒頭分別記述五則故事，然後以一篇長篇與之結合，構成完整的長篇小說。以人情、推理並重的時代推理傑作。

28.《終日》（長篇，二〇〇五年一月出版／26．27）「糊塗蟲系列」第二集。故事架構與第一集一樣，在冒頭先記述四則故事，然後與長篇結合。負責辦案的是糊塗蟲井筒平四郎，協助破案的除了弓之助之外，回向院茂七的部下政五郎也登場，作者企圖把本系列複雜化，或許將來作者會將幾個系列納爲一大系列。也是人情、推理並重的時代推理小說。

以上三系列都是屬於時代推理小說。案發地點都在深川，但是每系列各具特色，有以風情詩取勝，也有以人際關係取勝，也有怪異現象取勝，作者實爲用心良苦。宮部美幸另有四部不同風格的時代小說。

29.《扮鬼臉》（長篇，二〇〇二年三月出版／23）深川的料理店「舟屋」主人的獨生女阿鈴發燒病倒，某日一個小女孩來到其病榻旁，對她扮鬼臉，之後在阿鈴的病榻旁連續發生可怕又可笑的不可思議的事，於是阿鈴與他人看不見的靈異交流。一部令人感動的時代奇幻小說佳作。

30.《怪》（奇幻短篇集，二〇〇〇年七月出版）。

31.《鎌鼬》（人情短篇集，一九九二年一月出版）。

32.《忍耐箱》（人情短篇集，一九九六年十一月出版／41）。

33.《孤宿之人》（長篇，二〇〇五年出版／28．29）。

三、奇幻小說系統的作品

史蒂芬・金的恐怖小說和奇幻小說《哈利波特》成爲世界暢銷書後，原處於日本大眾文學邊緣的奇幻小說獲得成長發展的機會，漸漸確立其獨立地位，而宮部美幸的奇幻小說就在這欣欣向榮的機運中誕生。她的奇幻作品特徵是超越領域與推理小說結合。

34.《龍眠》（長篇，一九九一年二月出版／04）榮獲第四十五屆日本推理作家協會獎的長篇獎。週刊記者高坂昭吾在颱風夜駕車回東京的途中遇到十五歲的少年稻村愼司，少年告訴記者：「我具有超能力。」他能夠透視他人心理，愼司爲了證明自己的超能力，談起幾個鐘頭前發生的事件眞相，從此兩人被捲入陰謀。是一部以超能力爲題材的奇幻推理傑作，宮部早期代表作。

35.《十字火焰》（長篇，一九九八年十一月出版／17・18）青木淳子具有「念力放火」的超能力。有一天她撞見了四名年輕人欲殺害人，淳子手腕交叉從掌中噴出火焰殺害了其中的三個人，另一個逃走了。勘查現場的石津知佳子刑警，發現焚燒屍體的情況與去年的燒殺案十分類似。也是一部以超能力爲題材的奇幻推理大作。

36.《蒲生邸事件》（長篇，一九九六年十月出版／14）榮獲第十八屆日本SF大獎。尾崎高史爲了應考升學補習班上京，其投宿的飯店發生火災，因而被一名具有「時間旅行」的超能力者平田次郎搭救到一九三六年二月二十六日的二・二六事件（近衛軍叛亂事件）現場，兩名來自未來的訪客能否阻止起義而改變歷史？也是一部以超能力爲題材的奇幻推理大作。

37.《勇者物語—Brave Story》（八十萬字長篇，二〇〇三年三月出版／24・25）念小學五年級的三谷亘的父母不和，正在鬧離婚，有一天他幻聽到少女的聲音，決心改變不幸的雙親命運，打開幽靈大廈的門，進入「幻界」到「命運之塔」。全書是記述三谷鉀的冒險歷程。一部異界冒險小說大作。

除了以上四部大作之外，屬於奇幻小說的作品尚有以下四部：

38.《鴿笛草》（中篇集，一九九五年九月出版）。

39.《僞夢1》（中篇集，二〇〇一年十一月出版）。

40.《僞夢2》（中篇集，二〇〇三年三月出版）。

41.《ICO——霧之城》（長篇，二〇〇四年六月出版）。

以上三十九部是小說。另有四部非小說類從略。

如此將宮部美幸自一九八六年出道以來，一直到二〇〇五年底所出版的作品，歸類爲三系統後，再按時序排列，便很容易看出作者二十年來的創作軌跡，也可預見今後的創作方向。請讀者欣賞現代，期待未來。

二〇〇七・十二・十二

本文作者簡介

傅博

文藝評論家。另有筆名島崎博、黃淮。一九三三年出生，台南市人。於早稻田大學研究所專攻金融經濟。在日二十五年以島崎博之名撰寫作家書誌、文化時評等。曾任推理雜誌《幻影城》總編輯。一九七九年底回台定居。主編「日本十大推理名著全集」、「日本推理名著大展」、「日本名探推理系列」以及「日本文學選集」（合計四十冊，希代出版）。二〇〇九年出版《謎詭‧偵探‧推理──日本推理作家與作品》（獨步文化），是台灣最具權威的日本推理小說評論文集。

譯序

時代小說是一種鴉片，與宮部美幸熱潮

茂呂美耶

所謂「時代小說」，泛指以明治維新之前爲時代背景的小說，「歷史小說」是「時代小說」的一環，而「歷史小說」指的是以歷史上的實際人物爲主題的小說，「時代小說」則爲虛構故事。舉個實際例子，金庸系列的小說正是「時代小說」。

在日本，時代小說市場非常大，和現代小說、推理小說鼎足而立。一般說來，時代小說讀者群以中年以上的男性爲主，女性或年輕女孩不多。但按人口比例來看，這市場是塊大餅，光是二〇〇七年陸續退休的「團塊世代」（廣義說來是指一九四七年至一九五一年出生）男性，就有三百三十二萬人，一旦退休，他們當然更有時間閱讀。就這點來看，宮部美幸的時代小說對日本出版界來說意義甚大，因她開拓出許多女性和年輕女孩的讀者。

不過，時代小說也有閱讀潮流。根據日本唯一的時代小說古書店「海 書房」（東京都千代田區神田神保町1-42）老闆的說法，目前最受歡迎的時代小說作家是佐伯泰英，其次是宇江佐眞理，再來是山本一力、乙川優三郎等人。以前受歡迎的作品以戰國時代小說爲主，近年來卻轉移至幕末、明治維新那時期。在我的印象中，幕末時期小說，近年來最暢銷的大概是淺田太郎的《壬生義士傳》，不但拍成電視劇也拍成電影。

新書書店最暢銷的時代小說作家，當然非宮部美幸和京極夏彥莫屬了。這兩位作家的時代小說各有其特色，擁有一大群死忠讀者。大致說來，以人情、風物取勝的作品，銷售量比「強巴拉」（劍術之類）作品好。尤其一些以隱居老人為主角的系列作品，例如北原亞以子的《慶次郎緣側日記》（高橋英樹主演）、藤澤周平的《清左衛門殘日錄》（仲代達矢主演）、白石一郎的《十時半睡事件帖》（島田正吾主演），不但是長銷作品，也都拍成NHK時代劇。

時代小說通常不會在短期內擠進暢銷排行榜，但壽命很長，算是長銷書。日本男性作家一到某個年齡，通常會想嘗試寫時代小說。而現在日本出版社也是走「新發表文庫作品」路線，換句話說，之前不是在文藝雜誌連載，上市時也不是價格比較昂貴的精裝「單行本」，因此讀者不用等文庫版上市後再買，一開始就可以從書店帶回家。而且考慮到讀者群年齡，字體也比一般文藝書大。

平成時代可說是時代小說百花齊放的時代。對已讀過藤澤周平、池波正太郎等系列小說的讀者來說，在書店看到平台上一大堆時代小說新作，真的會眼花撩亂，不知從何下手。所幸時代小說通常是以同一人為主角的系列小說，讀者只要看了前面一、兩本，大致可以判斷出合不合自己口味。若合，便整個系列持續追下去。這種讀者不會「喜新厭舊」，會一直追下去，直至該系列結束。而且時代小說讀者比較不會計較該作家的知名度，就算是初出茅廬的作家，只要第一本寫得好，照樣可以賣得不錯。

例如目前最受歡迎的佐伯泰英，他是一九九九年五十七歲時才開始寫時代小說，短短幾年，他的系列小說已賣出百萬本以上。而時代小說作家的年齡也逐漸年輕化，目前佔最多的是四十歲這一代。甚至以青少年少女為主要讀者群的「輕小說」，也有不少傑出的時代小說。

話雖如此，難道時代小說只能列爲大眾娛樂小說？不。以日本兩大文藝獎之一的直木獎來說，平成元年以來，時代小說得獎作品已有八部。代表國民文學的吉川英治文學獎，平成元年以來有十一部作品得獎。連推理小說大師的松本清張獎，平成元年以來也有七部得獎。可見時代小說地位不可動搖。

宮部美幸的時代小說之所以開拓出不少年輕女性讀者群，主要原因在於她的小說主角大半是小孩子，小孩子可以誘發年輕女性的母性本能。此外，她的小說沒有暴力、色情描寫，讀者能夠很安心地看下去。再來是她很喜歡寫超能力那類的內容，把時代小說跟超能力串連起來的日本作家，大概就只有她吧。

上一代的時代小說作家設定的角色通常偏重在劍客、武士身上，但宮部美幸設定的角色都是普通老百姓，即使出現武士身分的角色，也並非劍術很厲害或高人一等的那類，通常都有點傻傻的，令人忍俊不住。

她自己說過，每次要開始寫時代小說時，會盡量重讀捕物小說原點的《半七捕物帳》，以便複習那時代的背景及風物習俗；而開始動手寫時會在房內播放「鬼平犯科帳」時代劇的主題曲。寫完後也會讓責編檢查內容有無現代用詞，聽說有次在時代小說內寫了「一星期」這個詞，連責編也忽略了，是校訂編輯發現後通知她，她才慌忙改成江戶時代用詞。

除了超能力，她也喜歡在時代小說內加入怪異情節。小孩、超能力、怪異可列爲她的時代小說何以吸引年輕女性讀者的三要素，若要再加個特色，那就是「善人」了。她的時代小說內沒有眞正的壞人，讀完後會令人感到一絲暖意。

總之，若說純文學小說大多著墨於人性的脆弱，我想，時代小說陳述的應該是人性的堅強。對我來說，時代小說是一種鴉片，會上癮，但並非毒藥。

（本文作者簡介詳見折書口）

推薦序
宮部美幸小說的原點

胡川安

下町

城市不僅是追逐流行，向前看或是向錢看。事實上，城市保存更多的是記憶、是歷史，是一層一層消逝的過去。

沒到過東京的人也可能知道東京有一條山手線，「山手」源自江戶時代，指的是位於小山丘上且較高的地方，以往是武士或是大名（註）等階級居住的地方，在今日的池袋、銀座或是新宿等地。相對於山手的就是「下町」，指的是地勢低下之地，以往東京的下町水道縱橫，隅田川除了作爲灌溉之用，也是交通的重要工具。山丘上的城市是上流社會聚集的地方，街道規劃整齊，往來貴族與社會上層；下町則是庶民、工匠和娛樂之地。

時移事往，東京現代化的過程，高樓大廈蓋起來了，但下町還是維持著一點「老東京」的風味。蜿蜒的小巷、帶點破敗的房子，濃厚的人情味，不經意在轉角還可以看到一些古意的小店。有

註：江戶時代用來稱呼領取一萬石以上俸祿的藩主的說法。

些人覺得這樣的房子需要「都更」一下，然而這些房子以及其中居住的人，卻是小說家喜愛的空間與場所，宮部美幸的作品也是如此。

從上個世紀末以來，宮部美幸堪稱平成時代的「國民作家」，作品相當豐富，可以粗略地分爲兩大系統：其一是社會派的推理小說；其二是時代小說。前者透過案件鉅細靡遺地指出當代日本社會的問題，由於情節複雜，加上鋪陳情節的方式巧妙，並且以多樣化的敘事手法，被譽爲「松本清張的女兒」，成爲日本社會派推理的旗手。時代小說的部分則以江戶時代爲背景，隨著情節的發展，展現出社會的背景、人情冷暖和風物。

出身深川的宮部美幸，從小在下町長大，此處的富岡八幡祭是日本最爲盛大的潑水節。每當祭典時，居民熱情地投入，從江戶時代留下來的習俗和傳說，仍然在當地傳播著。宮部美幸的家庭並不優渥，父親在鋼鐵廠上班，母親則是洋裁學校的裁縫，從小了解下町的風土民情，投入小說書寫前經歷過各式各樣的工作，讓她的社會歷練相當豐富。

社會派推理與時代小說的原點

不管是現代或是江戶時代，宮部小說的中心就是「下町」，由於現代社會逐漸喪失了「下町」的溫情與人情，所以才會產生出相關的社會問題；宮部美幸從時代小說中找尋人與人之間相互聯繫的「絆」：彼此之間的情感、人情的流動與溫情，這即是宮部美幸社會派推理小說和時代小說的原點。擅長寫社會派推理的宮部美幸，寫時代小說仍然具有相同的風格，因為兩者都是對於大都市的描寫，都是對於城市中社會問題的解釋。

東京的前身是江戶，德川幕府於此定都後，制訂「參勤交代」的制度，要求各地的諸侯大名上京，因此整備交通、大興土木，讓江戶成為全日本的政治、經濟和文化中心。年輕的江戶和優雅的京都相較，沒有那麼拘謹、婉約與內斂，而是生氣盎然、活潑、奢侈、大氣和豪邁，用日文來說，就是「粋」（いき），也可以用漢字表達成「意氣、生」，居民的生活態度和蓬勃的商業都展現了江戶的活力。

隨著江戶時代而起的落語，是相當庶民的藝術形式，有點像是單口相聲，內容反映小人物的生活，充滿著詼諧與滑稽的內容，在落語中最有影響力的即是所謂的「人情噺」，主題從朋友、鄰居、夫妻和親子的關係當中取材，圍繞著人際間的倫理，表現人情世故的冷暖。雖然透過詼諧幽默的表達方式，但溫暖的人情打動著觀眾的情感。

宮部的時代小說承襲著江戶時代「人情噺」的內容與精神，在《本所深川不可思議草紙》裡表達得淋漓盡致，這本得到吉川英治文學新人獎的小說是宮部美幸早期的時代小說作品。從下町的傳說開始說起，透過七個不可思議的傳說鋪陳江戶時代的風情，同時以社會派的情節點出人物間的情感，還有相互的溫情。宮部的小說用平易的筆調點出江戶時代的生活，舉例來說，七怪事之一的「單邊蘆葉」即是用握壽司發明的時代作為背景。

相傳握壽司是出身福井藩下級武士的華屋與兵衛所發明，當時在江戶出差，看到熙來攘往的人潮，覺得自己可以在這個大城市闖出一片新天地，後來就在住所兩國附近的相撲競技場，賣起壽司。本來販賣箱壽司的華屋與兵衛覺得不夠快，不夠「速食」，而且份量不夠大！他想，飯糰的大小才能夠填飽勞動階層（當時的壽司有現在的三、四倍大），也進一步將飯糰與來自東京灣的新鮮漁獲結合。

華屋與兵衛是當令和當地飲食的先行者，只用最新鮮且當季的漁獲，而且將隔夜飯倒入河中餵魚。以往的壽司一般搭配「辣醋味增」，據說也是從與兵衛才開始採用芥末。

從當時的文獻來看，與兵衛的握壽司技巧有「妖術」之稱，米飯捏得軟硬適中、而且處理魚肉的方式恰到好處。與兵衛以路邊攤的設立，獲得創業資金，開了餐廳並且造成轟動，在江戶開了好幾間店，一時之間成爲富翁。透過握壽司的起源，以華屋與兵衛的人生作爲事件藍本，說的是江戶人的個性，雖然豪邁但私底下充滿溫情，透過宮部的社會派情節鋪陳，歷史情節成爲躍然紙上的人生故事。

《本所深川不可思議草紙》的其他六個怪談，分別是「送行燈籠」、「擱下渠」、「不落葉的槲樹」、「愚弄伴奏」、「洗腳宅邸」和「不滅的燈籠」，這些都是在江戶時代有名的都市傳說，一般都將之和「單邊蘆葉」視爲不可思議的七件怪事，是由另外一個世界而來的力量，無法解釋的鄉野傳奇，但從宮部美幸的小說，這七個不可思議的事件都有其社會背景，而且感人又溫馨的故事。

本文作者簡介

胡川安

「故事：寫給所有人的歷史」（gushi.tw）網站主編。

第一篇　單邊蘆葉

1

近江屋藤兵衛死了。

他死在本所駒止橋上，全身冰冷地仰望著雨後的天空。

彥次是在滾沸的鍋爐前聽到消息的。

有那麼一會兒，彥次內心千頭萬緒，忘了工作，也忘了眼下身處的地方；他手上拿著煮麵笊籬，任憑熱氣濡溼臉龐。

老闆源助狠狠踢了他膝蓋一腳，他才回過神地抬起頭來，這才又聽到狹窄鋪子內嘈雜的說話聲。

「聽說錢包不見了，應該是遇上打劫。」

「可見近江屋也老糊塗了。」

彥次繼續工作，小心翼翼動著手，從滾水中撈起蕎麥麵，再放進冷水裡冷卻。然而，他的心卻專注在客人的談話上。

「不是說後腦有個大傷口？就算是強盜，這也未免太過分了。」

「冷不防被人幹了，應該一點感覺都沒有吧！南無阿彌陀佛，南無阿彌陀佛。」

那個藤兵衛聽得進念佛嗎……彥次如此暗忖，從淺底箱又拿起一、兩個蕎麥麵，鬆開後放入鍋內。

「喂，你們到底在講什麼蠢話？」另一個壓低的聲音插嘴進來，「那不是單純的打劫，你們不知道嗎？」

這話引起其他客人的興趣，頓時響起一陣竊竊私語。彥次睜大雙眼。客人的聲音像透過蒸氣飄過來般，聽得一清二楚。

「近江屋那個獨生女美津，聽說老是跟藤兵衛吵架，而且吵得很厲害。」

「女兒嗎？」

「是啊。本來嘛，藤兵衛和美津明明是親生父女，可兩個不是水火不容嗎？所以啊……」

「你是說是女兒幹的？」

另一個更低的聲音小聲說道：

「聽說回向院的茂七是這麼認爲的。」

回向院茂七是掌管本所那一帶的老手捕吏。

（不對……）

不對，不對，不可能這樣，那眞是大錯特錯了。彥次在心裡如此大喊，他閉上眼；眼眸深處，浮出孩提時代美津那白皙的臉孔，以及在她纖細手中搖曳的駒止橋畔邊蘆葉……

近江屋是藤兵衛這一代創立的舖子。他開舖子那時，賣的並不是世人所熟悉的壽司或箱壽司，而是當時剛上市的握壽司，之後便一直大刀闊斧地做生意。這方式成功了，現在不僅本所深川這一帶，恐怕全江戶無人不知他的名字。

也因此與其說他的商號，還不如說「藤兵衛壽司」還比較爲人所知。他還特地到盛產白米的越後收購白米，而且只用越後米做壽司，魚也是經過精挑細選，世人都說藤兵衛壽司吃進嘴裡彷彿還會跳動。

正因爲如此，藤兵衛的葬禮非常隆重。

儘管遭源助白眼以對，彥次還是趁生意忙碌的空檔來到近江屋。連綿起伏的人頭那一方，燈光明亮得不合時宜。彥次突然想到美津舉行婚禮時，一定也是這般熱鬧。

雖只能遠眺，但還是隱約可見美津的臉。

即使在父親的葬禮上，美津依舊很美。燭光映照著她那白皙的臉頰；她那豐滿的雙頰及秋天核果般的烏黑雙眸，依稀有著彥次記憶中的少女模樣。成爲人妻之後所積累的穩重，在美津那收攏的下巴、挺腰端坐的瘦削身上，增添了幾分風韻。

美津的丈夫坐在美津身後，縮著本來就單薄的肩膀。光看一眼那拘謹的坐姿，便不難明白他不是美津的丈夫，而是近江屋的入贅女婿。

彥次沒有上前拈香。他遠遠站在人群外凝視著美津，然後深深鞠躬致意。我不是來弔祭藤兵衛，我只是來探望儘管父女不合，但畢竟是失去了親生父親的美津小姐。他如此心想。

正當他轉身打算離去時，他發現距離不到六尺（註一）的地方，有個人影躲在對面和服舖豎立的招牌後。

是個十七、八歲的年輕姑娘。她身穿洗白的衣服，肩膀看上去很瘦弱。她微微低著頭，雙手合掌，淚如雨下，粗糙的手中有串廉價念珠。彥次看到念珠上的紫色穗子隨著姑娘簌簌淚下而微微顫動。

姑娘用手背擦淚時，視線和彥次碰個正著。彥次還來不及出聲喊她，她便已轉過身，沒入人群裡。

沒追上她的彥次，在該處佇立了一會兒。他不經意低頭一看，發現姑娘方才站立的地方有類似木屑的粉末。

他彎腰拾起，捏在指尖細看，有一股桐木香味。

彥次回頭望著姑娘消失蹤影的方向。

當天晚上，舖子打烊後，源助難得地邀彥次一起去澡堂。彥次心不在焉地跟在肩頭披著手巾、快步走在前面的源助身後。

「我說啊，彥次。」源助突然說道。彥次停下腳步，源助也停下腳步回過頭來。

「聽說你今天特地過大川（註二）去參加近江屋藤兵衛的葬禮？」

「對不起，擅自行動。」

「那沒關係，我不是這個意思。」

源助轉過身子，用下巴示意前面不遠處亮著光的舖子。

「我們在這附近喝一杯，怎麼樣？說去澡堂是藉口，其實我想跟你談談。」

源助似乎是亮著光那舖子的老主顧。舖子裡坐滿了八成，年齡與源助相近的老闆向其他客人欠身，馬上騰出角落舒適的兩個醬油桶位子，並送上熱騰騰的串烤味噌豆腐和辛辣的涼酒。這都是源助愛吃的東西。

「在家裡的話，老伴太囉唆，根本不能這樣。」源助津津有味喝下第一杯後開口說道：「我說，彥次，你在意的是近江屋的美津小姐吧？」

彥次默不作聲，假裝眺望正在烤豆腐的老闆身後掛著的各式各樣彩色酒壺。

「你不想回答的話也好。只是……回向院的茂七好像眞的打算抓美津小姐。」

彥次暗吃一驚地望著源助，這回輪到源助故意看著別處。

「是有……什麼可疑的地方嗎？」

「別看茂七那樣子，那傢伙相當執拗。搞不好找到什麼證據了。」

源助看了一下手中的茶杯，拿起酒壺斟酒。

「他說因爲那父女經常吵得天翻地覆，眞是無聊。」

註一：一尺約三十．三公分。

註二：東京都內隅田川位於吾妻橋附近到下游的俗稱。

彥次沉默了一下，接著語氣堅定地說：
「我認爲他錯了。」
彼此沉默了一會兒。源助慢條斯理地品嚐涼酒。彥次望著他的側臉，繼續說：
「近江屋小姐，她……她不會暗算別人，何況是自己的親生父親。這點我很清楚。說那是美津小姐下的手，根本不合理。」
傳來豆腐的味噌烤焦味。輕煙飄蕩。視線追著煙霧的源助，終於轉身面對彥次。
「我總覺得你沒有說出重點。你爲什麼那麼在意素昧平生的藤兵衛和美津小姐？又爲什麼可以說得這麼篤定？能不能說給我聽聽？」

十年前的春天，彥次第一次遇見美津，當時兩人都是十二歲。那時候的近江屋並非現在的大舖子，是家門面只有十二尺寬的乾淨小舖子，位於回向院門前町。家裡除了藤兵衛和美津，還有個供宿下女及幾名伙計，住在舖子後面的兩層樓房子。
而彥次是個餓著肚子，終年目露飢餓的孩子。
那年冬天的嚴重風邪，帶走了打零工的木匠父親，彥次和母親及年幼弟弟，三人窩在拖欠房租的後巷大雜院，過著三餐不繼的日子。雙親都是赤手空拳從近郊鄉村來到江戶，在江戶沒有可倚靠的親戚和朋友。
彥次十歲那年，曾一度到木場一家木材批發商當學徒，可是耐不住苛刻的工作和寂寞，最後逃回家裡。之後，母親就不再叫他去當學徒。

但是爲了生活，他什麼都做。母親白天在附近一家小飯館幫忙，晚上犧牲睡眠做家庭副業。彥次兄弟倆也賣過蜆貝、撿過柴薪，甚至做過近似小地痞的事，幫母親支撐比雜耍藝人走繩索還要搖搖欲墜的生活。

而那走繩索的繩子，也在母親病倒時，喀吧斷了。

在這種日子的某天，彥次坐在遠離門前町人潮的一家屋簷下時，美津向他搭話。那時正是油菜花盛開的雨季。彥次身上的衣服都溼透了，貼著肌膚教人更冷了。

「喂，你幾天沒吃飯了？」

彥次抬頭一看，眼前有個劉海剪得整整齊齊、黑眸大眼的女孩，正俯視著自己。彥次沒有回應。他連講話都感到吃力，何況到今天他已整整三天都沒吃飯，要他說出這事，更是痛苦。

「你好像很久沒吃飯了。」

女孩說完，一度進入屋內，過了一會兒又出來，懷裡揣著還有餘溫的飯糰包。

「這個，給你。」女孩遞出飯糰包，「你吃吧。如果你覺得在這兒吃很丟臉，可以拿回家吃。你家在哪裡？應該有家吧？」

那時，彥次絲毫沒有想到讓一個與自己同齡的女孩施捨食物的羞恥，因爲飢餓佔了上風。他搶奪般地接過飯糰，踉蹌奔向母親和弟弟等著的後巷大雜院。

話雖如此，他還是聽到女孩自身後追上來的呼喊：

「你明天再來。我家多的是飯。」

接著，最後隱約聽到的是：

「我叫美津，近江屋的美津。」

「之後，我幾乎每天都到小姐那兒。」彥次垂眼望著空杯子，淡然地繼續說：「我蹲坐的地方，湊巧是近江屋屋後，很幸運。託她的福，我和母親及弟弟才沒餓死。」

「原來那個美津小姐……」

源助若有所思地捏著下巴。舖子一隅爆出大笑，直至笑聲停歇，兩人都默默無言。

「就這樣，我每天都到近江屋。不過小姐有時也不能給我剩飯，那時小姐會哭喪著臉向我道歉，說她父親看得緊，有時候沒辦法把飯帶出來。」

「藤兵衛？」

彥次點頭。

「老闆應該也知道，近江屋能有今日的名聲，全拜那件事之賜，就是每晚把剩飯丟進大川的事。」

江戶城內有很多壽司舖。因爲是個只要有錢任何東西都可以得手的奢侈都市，所以隨著握壽司的人氣高漲，也出現了無論味道或價格都不亞於近江屋的舖子。在這些舖子裡，近江屋能成爲江戶首屈一指的舖子，正是因爲主人藤兵衛創下的這個慣例。

近江屋的藤兵衛壽司不用隔夜的白飯。證據是，每晚臨打烊時刻，會將當天剩下的醋飯全部丟進大川。

藤兵衛此舉，令生活在將軍跟前，不論如何都很愛面子的江戶仔報以熱烈喝彩。他們說不是吃味道，也不是吃價格，而是吃藤兵衛的這種氣度，正是此時，全江戶的客人開始蜂擁而至。

「那時，美津小姐非常厭惡藤兵衛老闆的這種做法。」彥次繼續說道：「她曾向我說過，江戶有許多下一餐都沒著落的人，而她父親僅爲了虛榮，每天毫不猶豫地將大量醋飯丟進大川，是一種殺生又傲慢的做法。」

「可是那時美津小姐還是個孩子吧？」源助說完，歪著下巴又說：「不過話說回來……那個美津小姐，的確有可能這麼做。她本來就是個好強又聰明的孩子。」

彥次大吃一驚。

「老闆認識美津小姐？」

「我以前在回向院那邊也開過一陣子舖子。」

源助笑了笑，然後一本正經地催促彥次繼續往下說。

近江屋聞名全城後，建了格局非常氣派，在同業中算是首例的舖子，規模也愈做愈大。藤兵衛每聽到有舖子因爲不敵近江屋的氣勢而想歇業時，就會連貨帶舖子一起買下，成爲近江屋的分店，逐漸擴大規模。做法冷酷無情。

如此一來，批評藤兵衛鐵石心腸、守財奴的人也就增多了，世人也眞善變。藤兵衛壽司確實好吃，這是江戶仔引以爲傲的事。可是對主人藤兵衛的爲人無法接受——就這樣，舖子生意愈好，討厭藤兵衛的人也愈多。

「美津小姐很厭惡藤兵衛先生的這種生意手段。」

我阿爸是冷血的人——當時美津的哀嘆，至今仍言猶在耳。

「而且，剛剛老闆也說過了，她是個聰明人。她設法瞞著藤兵衛先生，拿剩飯給我。只是不可能每次都成功，所以她定了個暗號。」

彥次回想起當時，如今仍能感受到內心的那種剛強正逐漸崩散。

「小姐第一次看到我的地方，正是近江屋廚房後門，她在那後門的窗櫺上，插著一枝駒止橋的單邊蘆葉。那正是暗號，表示今晚鋪子打烊時，可以拿剩飯給我。」

單邊蘆葉，是本所七怪事之一。位於兩國橋北邊的小小河道終點，河畔長著蘆葦，但不知為何，葉子只長在一側，因而稱之為單邊蘆葉。

不知是風向還是水流的關係，或是陽光照射方向的緣故，總之，這兒生長的蘆葦葉都只長在一邊，因此連這個地方也被稱為「單邊渠」。

駒止橋正是架在這兒。

「單邊蘆葉的話，絕對不會認錯。當時我們雖然還很年幼，卻都堅守約定。」

「你們這樣持續了多久？」

源助問道，彥次低聲回答：

「沒多久，大約一個月而已。藤兵衛老闆察覺了……」

「美津，阿爸跟妳說過多少次了，妳還聽不懂嗎？」

美津緊閉雙唇，回望著高個子的藤兵衛的臉。彼此瞪視的父女，表情酷似得令人不禁要失禮地笑出來。雙方都很頑固，都不肯讓步。

然而當時的彥次，根本沒心情想這些。他全身打著哆嗦。近江屋藤兵衛雖然很可怕，但是他肚子餓得慌，自從美津拿剩飯給他，他便開始仰賴美津的飯。今晚萬一拿不到飯，就沒東西吃了。

「阿爸是無情的人。」美津握著小小的拳頭怒道。

「無情也好，什麼都好，我不准妳把剩飯拿給別人。就是這樣。」

藤兵衛向女兒如此宣告後，轉向彥次。他搖晃著厚實的肩膀，闊步挨過來。彥次打了個寒顫，縮著身子。

「你叫什麼名字？幾歲了？」

彥次說不出話來。一陣麻木像膽小動物逃竄般快速從膝蓋流過腳跟。

「怎麼了？不會說話嗎？」

「為什麼那樣問人家？問了又怎樣？反正阿爸最後還是會趕走人家。」

藤兵衛推開挺身而出的美津，將臉挨近彥次。

「說不出來就算了，可是你應該聽得見吧？你仔細聽我現在要講的話。聽好，美津給你的這些飯，是近江屋打算丟進大川的飯。而來要這些飯的你，就跟這附近的狗一樣，你覺得這樣好嗎？你願意淪為狗嗎？」

彥次答不出話。美津哭了出來。

「我們家不是救濟小屋。如果你想要別人給你飯，到別處去。」

藤兵衛回頭望著美津說道：

「下回要是再讓阿爸發現妳這樣，到時候自有阿爸的做法。妳要聽阿爸的吩咐，懂了沒？」

藤兵衛說完大踏步離去。近江屋的廚房後門，只有美津的抽噎聲。舖子裡的伙計應該聽到了這些嘈雜聲，卻沒人出來探看。屋內毫無聲響。薄刃般的月亮高掛天空。

「小姐。」彥次好不容易才對著哭個不停的美津說道：「我……以後不會再來了。」

美津抬起哭得亂七八糟的臉。

「因爲阿爸他……他說了那麼難聽的話嗎……」

「不是因爲那樣。我……我……」

彥次清了清喉嚨，強忍著往上湧的眼淚。那是爲美津而流的眼淚，也是心有不甘的眼淚。

「我會自己想辦法，我會想辦法成爲以後能報答小姐這份恩情的人。」

美津臉頰上掛著淚痕，目不轉睛地望著彥次。彥次覺得她那雙黑眸，比暗夜還漆黑，比水晶還澄澈。

美津悄悄觸摸彥次的手。美津的手細嫩得猶如絲綢，而且溫熱。

「你能跟我約定嗎？」

「是，一定。」

「世間有很多像我阿爸那種人，你以後一定會吃很多苦。」

「我絕不會氣餒。」

「我等你。」美津微笑道：「我會一直等你，等你出人頭地後再來找我。我會一直等你……」

「結果你之後就到我這兒來當學徒？」

源助又倒了酒，如此問彥次。

「是的。那時阿母病情好轉了……我曾經在木材批發商那裡跌倒過，本來以爲大概找不到肯收留我的舖子，所幸大雜院的管理人從中幫我說情，才能到老闆舖子當學徒。」

「最近啊，不是來吃我的，而是來吃你擀的麵條的客人增多了。太好了。」

「這都是託老闆的福……」還沉醉在回憶裡的彥次又說：「以及美津小姐的福。」

源助一副欲言又止的樣子，默不作聲。彥次突然笑了笑，繼續說：

「我十二歲到老闆的五六八蕎麥麵舖當學徒。剛開始，工作太辛苦時，我都想辦法抽空到駒止橋去看單邊蘆葉。」

「那時我也察覺了，你有時會突然消失半個時辰左右。」

「對不起。」彥次低首致歉，「不過最後一次去看單邊蘆葉，是在十六歲那年傭工休息日回本所時，再來就是這回的藤兵衛葬禮，我第一次過大川回去本所。」

源助想了一下說道：

「美津小姐招贅，應該也是那年吧？」

「是的。」

「那是個看上去很懦弱的男人。美津小姐最初埋怨不休，死不答應。」

「……老闆。」彥次雙手擱在膝上，挺起背脊，「我當然很遺憾，很悲傷，可是那時我已經不是孩子了。再怎麼看，我跟近江屋小姐根本不般配。這世上有些事必須量力而爲，我早就有這種辨別能力了，小姐應該也有。我們的約定不是那一種的。」

只是——彥次俯視著自己的手；雙手已變得白淨，是一雙蕎麥麵舖人的手。

「那個約定一直是我的精神支柱，而且還讓我做了個美夢。我想正因爲有那個約定，我才能在老闆的舖子撐下去。美津小姐不但救了快餓死的我們，還讓我做了個美夢，讓我成爲可以規規矩矩過日子的男人。每當看到單邊蘆葉，我總會想起我跟小姐過去的約定。像我這種人，她竟給了我那些回憶。光這樣我就很滿足了。」

「我舖子裡的學徒，只有你沒有逃回家。」

源助如此笑道。

「美津小姐是個很體貼的人，她根本不可能殺人。」

「你這樣認爲嗎？」

源助對飯館老闆搖著空酒壺，然後又望著彥次。

「可是啊，彥次。根據我從回向院茂七那兒聽來的，美津確實有可疑的地方。」

彥次想回嘴，源助制止他，接著說：

「藤兵衛和美津吵架，大抵都是爲了錢。美津好像時常擅自挪用舖子的錢。雖然她招贅了，表面上美津夫婦是主人，但握有實權的是藤兵衛。只要藤兵衛活在世上，美津就不能自由動用近江屋的財產，也不能改變她所厭惡的生意手段。」

彥次嗤之以鼻地說：

「像美津小姐那樣嬌弱的人，怎麼可能打死一個大男人。」

「不過就算不是她親自動手，也可以託別人吧？」

彥次張大著嘴說：

「是說……美津小姐雇人殺死自己的父親？」

源助看著從酒壺倒出來的酒，點點頭地說：

「那天晚上，藤兵衛是到日本橋通町親戚家的回程途中，而且聽說只有美津知道藤兵衛的行蹤。那晚下著毛毛雨，他沒叫轎子，自己走路回家，六刻半（註一）離開日本橋，被人在駒止橋發現他的屍體時是四刻（註二）。這中間有點久，但根據驗屍結果，藤兵衛好像喝了點酒，所以他可能是回程途中繞到酒館。回家時，在駒止橋遇到埋伏的凶手，然後被殺，凶手再佯裝打劫，將屍體丟在橋上。」

彥次啞口無言，只是瞪視著源助。

「所以茂七目前正小心地監視美津。如果是託人下手，對方一定會來找美津。」

還有啊……源助喝下含在口中的酒，歪著頭說：

「據說藤兵衛那雙大家都很熟悉的木屐，以及他的衣袖，除了泥巴，還沾著很奇怪的類似木屑的東西。」

註一：晚上七點。

註二：晚上十點。

藤兵衛的木屐也是出了名的。明明是大舖子老闆，藤兵衛卻討厭穿草鞋（註），不論上哪總是踢踢躂躂踩著木屐出門。

「茂七也說，從這些線索或許可以知道什麼——」

彥次極力控制聲調並打斷源助的話：

「我不相信有那種事，又沒任何證據。」

「說得也是……可是既然藤兵衛過世了，往後美津就可以自由掌控近江屋。美津的丈夫原本是舖子的伙計，在美津面前根本抬不起頭。」

「我不想再聽。」彥次厲聲說道：「首先，爲什麼老闆知道這些事？回向院的茂七頭子根本不可能毫無隱瞞地告訴老闆這些話。」

「啊，醉得很舒服。」源助故意不看著彥次，慢條斯理地轉動著脖子說：「我好像多管閒事了。」

源助站起身，打算走出舖子時，再度認眞地對彥次說：

「彥次，你不用顧慮。你去給藤兵衛上香吧。對死者來說，你去上香是最好的祭拜。」

「我？」彥次作嘔說道。

2

當天晚上，彥次輾轉不寐，瞪著天花板。同住一個房間的伙計，在一旁的被褥裡看似很舒服地打鼾。

美津小姐不可能殺人。

源助的那一番話，在彥次的腦海裡盤旋不去。彥次爲了趕出那些話，最後只得拉上被子蒙住頭。他很想當作從沒聽過那些話，很想忘得一乾二淨。

過了一會兒，他又自被子邊露出眼睛。

好像有什麼事，他覺得有件很重要的事梗在心裡，可是卻想不出究竟是什麼事。

「可惡！」

彥次又蒙上被子。

第二天早上，他精神恍惚地在井邊洗臉時，突然恍然大悟。

昨晚下了點雨。是暖和的春雨，地面有些泥濘。彥次趿拉的木屐屐齒也沾了軟軟的泥巴。

藤兵衛的木屐和衣袖沾著類似木屑的東西。

那姑娘——那個欷欷掉淚、雙手合掌的姑娘，那姑娘離開後，地面上也有木屑。

彥次沒有擅自展開行動。他深知自己一個人絕對無法找到只見過一面的那位姑娘。他改而造訪回向院茂七，將自己所見所思都告訴茂七。

註：此處的草鞋並不是一般市井小民穿的草鞋，而是大户人家穿的一種高級竹皮履。

「也許藤兵衛老闆自通町回家時，繞到那姑娘家，或繞到那姑娘工作的鋪子。那麼，那姑娘等於是最後一個看到生前的藤兵衛老闆。我看到那姑娘時，覺得她好像有什麼隱情。」

茂七今年五十，領捕棍有二十五年了。他聽完彥次的話，撫摩已然全禿的頭頂，喃喃自語：

「難道是木屐鋪？」

「木屐？」

「你不是說聞到桐木香嗎？再說，只有木屐，藤兵衛好像是每次都不知去哪兒親自買來的。那是訂做的，那男人是個彪形大漢嘛。」

「可是不一定是木屐，也許是衣櫃……」

「木屐和衣櫃刨出來的木屑形狀不一樣。我看到藤兵衛的木屐時，馬上就察覺到這件事，因爲光從木屐鋪前路過也會沾上木屑。」

茂七頻頻摸著光禿的頭接著說：

「喂，你要是再遇見那姑娘，認得出來嗎？」

彥次用力點頭。

之後，不到半個月，茂七帶來消息。

「找到了？」

彥次不禁將手上的笊籬拋了出去。源助在他的小腿狠狠踢了一腳，接著說：

「快去吧。」

茂七帶彥次前往日本橋本町大街，拐進巷子，站在一家小木屐鋪前。

「訂製鞋類」，雨水沖淡字跡的這個招牌，在鋪前搖晃著。那是隨處可見的租屋，看似會漏水的木板屋頂搖搖欲墜。即使如此，鋪子門面還是打掃得很乾淨，在不妨礙行人的地方，並排放著兩盆小菊花，爲鋪子增色。

雖說是木屐鋪，但這兒不是小賣鋪，而是專門爲人訂製，做好的商品似乎是批發到規模更大的木屐鋪。

門一打開，眼前就是泥地工作場，排列著未完成的木屐，厚兩寸五分、寬四寸的桐木木板，粗刨子，鋸子，砥石粉等等，乍看之下雜亂無章，但工作起來很方便。

「對不起，有人在嗎？」

裡面傳出回應茂七高呼的「是」一聲。

「請進。」響起輕輕的腳步聲。在清新的桐木香中，彥次和茂七交換了個眼色。

看到自鋪子裡出來的姑娘時，彥次馬上就認出來了，正是那姑娘。

更令人吃驚的是，姑娘似乎也認出彥次。跟葬禮那天一樣，姑娘凝視著彥次，接著將視線轉向茂七。

「抱歉，打攪了。我是回向院的茂七。這位是……」

茂七的開場白還未說完，姑娘已先緩緩低首致意。她那動作，看似一切都心裡有數。

「我叫阿園。」她的聲音清晰，甚至有點凜然。「我正打算，如果頭子你們不來，我就去拜訪頭子。」

此時，湊巧有個男人拐進巷子，往這邊走來。他的打扮看似個師傅，但髮髻蓬亂，臉因酗酒而發紅，一看便知不是失業，就是即使有工作也無法上工。男人以銳利的目光環視彥次三人，察覺茂七插在腰帶的捕棍時，立即暗吃一驚似地睜大混濁的雙眼。他打開木板門，消失在毗鄰的租屋裡。

彥次感覺那男人的眼神令人不快。彥次望向茂七，他好像也有同感，皺著眉頭，看著那男人直到對方消失身影。

「在這兒不大方便，請到裡屋坐。雖然裡屋很亂。」

阿園帶兩人來到工作場裡面約四蓆大的榻榻米房間。

「是妳在做木屐？」

茂七問道。阿園將盛了白開水的茶杯擱在小矮桌上，請客人喝，接著搖搖頭說：

「那是我哥的工作。我只是幫忙拴木屐帶，或幫忙送貨而已。我哥現在到一個老主顧的旅館，商量訂做木屐的事。」

彥次和茂七都有點拘謹地喝著白開水。先開口的是阿園。

「近江屋的藤兵衛老闆過世那晚，到這兒來了。」

茂七揚起眉毛說：

「眞的？」

「我不說謊。我聽到近江屋因藤兵衛阿爸的事，遭到世人那樣風言風語，正打算主動出面說明一切。」

「藤兵衛阿爸？」

彥次提高聲音反問。茂七用眼神示意「稍等一下」。

「藤兵衛來這兒做什麼？」

「他來向我們收錢。」

「錢？」

「是。我們曾向藤兵衛阿爸借了錢。說好等我哥和我長大，能獨力撐起這個舖子爲止。」

阿園垂下眼簾看著膝蓋，之後又抬起頭堅定地說：

「我父母原本在這附近開木屐舖，可是阿爸迷上賭博，在我哥十歲，我九歲那年，舖子倒了。阿爸不知逃去哪裡，阿母爲了養我們，工作過於勞累，後來經常臥病在床。」

跟我一樣，彥次在心裡如此說道。

「房租也拖欠許久，管理人跟我們說，雖然我們很可憐，但是沒辦法再睜一隻眼閉一隻眼了。我們連下一頓飯都沒著落。我哥和我雖然很想護著我阿母活下去，卻有心無力。」

阿園消沉地接著說：

「就在這時，藤兵衛阿爸來家裡，藤兵衛阿爸說，他跟這兒的管理人是舊識。」

「然後呢？藤兵衛怎麼說？」

「他幫我哥找到可以去當學徒的舖子，就是我們現在批發木屐的那家舖子。然後他又幫我阿母辦妥住養護所的手續，並讓我去幫人帶孩子。」

「只有九歲的妳！」

茂七大吃一驚，口氣有些責難，阿園點點頭，雙頰染上紅暈。

「世人都說藤兵衛阿爸是個鐵石心腸的人，是個守財奴，不過那是錯的。這點我很清楚。」

阿園在膝上緊握著拳頭——正是藤兵衛葬禮那天握著念珠的那雙小手。

「阿爸告訴我們，錢的話，他有，也有能力養我們，可是不能這樣做。我們得長大成人，不能養成接受別人施捨的習慣。」

阿園猛然抬起頭，雙眼含淚接著說：

「只是光靠我哥和我兩個人幹活，日子還是沒法撐下去，這時藤兵衛阿爸就會給我們錢。不過他每次都說，我不是施捨而是借，等你們長大了，可以自食其力時，再還我。」

彥次暗暗厭抑著教人羞赧的心情。你願意淪爲狗嗎？藤兵衛的這句話又在耳邊響起。

「我哥結束學徒工作，去年秋天，好不容易能在這兒開舖子時，藤兵衛阿爸又借我們錢，而且還說，錢可以慢慢還，花很長的時間也沒關係，我們確實已經長大了。之後，他就一直買我和我哥製作的木屐。」

「那麼，那天晚上藤兵衛是來這兒收錢了……到底多少錢？」

「一分錢。我們還說，每次都只還一分錢的話，藤兵衛阿爸若不活到一百歲，恐怕還不完。阿爸每次都笑著說，他會活到一百歲。」

阿園深深吸了一口氣，接著說：

「這就是藤兵衛阿爸的做法。他說不論做生意或活在世上，都不是輕鬆事，所以更不能靠人施捨過活。施捨與救助不同。如果施捨別人，施捨這方可能會感覺很舒暢，但會讓對方變成無用之人。」

阿園露出半是哭泣般的寂寞笑容。

「藤兵衛阿爸曾說，他爲了近江屋丟棄醋飯，故意打響自己愛排場的名聲，其實是爲了度過生意上的難關，那是他所能盡的最大努力。所以他告訴我們，要是聽到有人批評近江屋藤兵衛是個鐵石心腸的人，絕對不能反駁。他笑著說，鐵石心腸和守財奴，都是他的重要招牌。我們也一直堅守阿爸的囑咐。我想大概也有類似我們情況的人，只是我們不知道而已。」

過了一會兒，彥次總算開口說：

「阿園姑娘，妳一直叫藤兵衛爲藤兵衛阿爸嗎？」

阿園點頭說道：

「對我來說，他比親生阿爸還重要。所以葬禮時，就算遠遠看一眼也好，我也想去送他。」

這時，茂七冷不防抬手打斷話題，他壓低聲音問：

「阿園姑娘，隔壁的那個男人是什麼時候搬來的？」

突然改變話題，阿園有點不知所措，皺起眉頭說：

「一個月前搬來的。聽說是個瓦匠，但每天酗酒，幾乎從沒去工作。」

茂七又小聲問：

「藤兵衛老闆來這兒那晚，隔壁那男人在家嗎？」

阿園歪著頭說：

「我送藤兵衛阿爸到大街時，隔壁似乎點著燈火……」

「每天不去工作，卻能喝酒喝到一眼就能看出來的程度，實在令人羨慕……」

茂七自言自語般地低聲說完後，伸手輕輕敲了一下與隔壁分隔的薄牆，他說：

「彥次，你來幫我忙。阿園姑娘待在這兒，不要亂動。」

茂七來到外面，躡手躡腳地貼在隔壁的木板門上，接著一腳踢開木板門。

那之後的事，對彥次來說，可說是一眨眼的工夫罷了。

當他隱約看到方才那男人將耳朵貼在與阿園兄妹住屋之間的薄牆時，隨即傳來啪嗒啪嗒的腳步聲，接著是茂七的吼聲：「屋後！屋後！」

彥次掉落一隻草鞋地奔到屋後時，那男人正想攀過木板牆逃走。彥次毫不考慮地拾起眼前的竹竿，向男人的背部揮打過去。男人隨著慘叫一聲掉到地上。茂七氣喘吁吁地趕來，他反扭趴在地上還想逃的男人的手，熟練地迅速綁上捕繩。

「彥次，你沒事吧？話說回來，眞不愧是賣蕎麥麵的，很會使棍子。」

「這到底是……」

「阿園姑娘，妳可以出來了。」

茂七好不容易才調整好呼吸，出聲喊叫。

阿園睜大雙眼，抱著雙肘呆立一旁。彥次代她問道：

「這麼說來，頭子，是這傢伙跟蹤藤兵衛老闆……」

彥次指著的那個男人，似乎完全酒醒了，消瘦下巴埋在胸前，縮成一團。

「是的。他大概是透過薄牆，聽到隔壁的訪客是近江屋藤兵衛吧，認爲藤兵衛懷裡肯定帶了很多錢。」

3

男人名叫元六。被捕後不久，便招認打死藤兵衛並拿走他懷裡的錢。

元六正如阿園所說的，是個瓦匠。原本還認眞幹活，卻因生性嗜酒，做出盜用工頭公款的壞事，因而丟了信用與工作。

元六手頭困窘。他一方面懊悔自己因一時過錯而失去一切，另一方面又憤世嫉俗。

當他知道隔壁木屐舖的訪客是那個近江屋藤兵衛時，肚子裡的一把無名火頓時湧了上來。近江屋藤兵衛不就是那個俗不可耐的傢伙嗎？而且，隔壁傳來什麼借錢還錢的談話。難道壽司舖賺的還不夠多，他又在暗地裡放高利貸？那骯髒傢伙竟能活得那麼舒服……

元六憑著自以爲是的解釋及莫名其妙的怒火，跟蹤踏上回程的藤兵衛，來到駒止橋時，自背後用石頭毆打藤兵衛，殺死他再拿走錢包。元六將用來行凶的石頭丟進單邊渠便逃回家，過著每天更加依賴酒的日子……據說元六如此招供。

數日之後，茂七陪彥次和阿園前往近江屋。他們是去給藤兵衛上香，並向現在是近江屋眞正主人的美津夫婦致謝。後者是阿園特別要求的。

然而阿園並沒有如願。美津的丈夫，爲了安頓因藤兵衛過世而陷入一片混亂的眾多分店，在外面四處奔波，美津也不知上哪兒去了，並不在家。接待他們的是在近江屋做了四十年、資格最老的掌櫃。

掌櫃聽完整件事情的來龍去脈，以及阿園說將繼續慢慢償還藤兵衛的借款，他慢條斯理地說：

「這事……我想，這事最好就一直藏在阿園姑娘的心裡吧。」

彥次和阿園面面相覷。

「美津小姐……不，老闆娘聽到這事，肯定會不高興，反而會更氣大老闆，說他對年幼的小孩也這樣斤斤計較，竟將借款記在帳簿上，還要對方還錢。」

「可是那是我們同意的。」阿園堅持說道：「藤兵衛阿……不，藤兵衛老闆不是因為同情而施捨我們。他那樣做，是為了將我們教育成懂得做生意、懂得買賣的大人。」

「我明白，我非常明白，可是老闆娘無法理解。如果她能理解，今天也不會和大老闆對立得這麼厲害了。」

掌櫃輪流望著彥次和阿園，婉轉地繼續說：

「老闆娘從來就不是在那種艱難的生意環境下長大的。而且從小就有個遭世人批評為是鐵石心腸、守財奴、愛排場的父親，總之，是個受人矚目的父親。老闆娘有老闆娘的立場，大概從小受盡屈辱，直到長大成人了都還怨恨父親。因此老闆娘養成一種習慣，不論是誰她都『施捨』，以彌補父親的作為。」

彥次耳裡響起了往昔那甜美的聲音：你隨時都可以來，我家多的是飯。

「以我的立場，我明白阿園姑娘的意思，也就是大老闆生前所說的，『施捨』與『救助』的不同。因為我們都有類似的經驗。可是恐怕很難讓老闆娘理解這個道理，她每次跟大老闆吵架都是為了這個。往後，她若因爲生意而嘗到苦頭，從而理解這個道理的話，那就好了。」

正當他們要離開近江屋時，美津回來了。

彥次內心怦然一跳。

她梳得整整齊齊的髮髻，絲毫沒有一根髮絲散落；散發素雅光澤的合身衣服，雪白布襪。修長的雙手、脖子及豐滿的臉頰，比布襪更白，近乎透明。

掌櫃鄭重其事地向美津介紹，阿園和彥次是昔日受過大老闆恩惠，特地來上香。

聽到彥次的名字，美津那雙修得勻稱的眉毛，依舊文風不動。

「我在孩提時代，因爲沒飯吃，受過老闆娘的幫助。」

彥次忍不住如此說道，她只是溫文地一笑。

「原來是這樣……我以前做過很多這種事。請你不用介意。」

美津說畢，再次彬彬有禮、表面上的一番寒暄後，接著沙沙擺動下襬，消失在裡房。

「原來她已忘了我……」

回到駒止橋附近，彥次才如此說道。阿園默不作聲。

那個單邊蘆葉到底有著什麼意義？難道小姐也忘了？

「彥次啊，我告訴你一件好事。」茂七笑道：「源助對這回的事那麼清楚，你不覺得很奇怪嗎？」

的確很怪，彥次疑惑地點頭。

「是吧？因爲啊，你能到源助鋪子當學徒，正是近江屋藤兵衛從中說情的。」

彥次驚訝得幾乎要停止呼吸。

「源助受藤兵衛之託，一直隱瞞這事，後來發生了那件事，他看你耿耿於懷，於是來找我，跟我打聽內情。事情就是這樣。」

茂七向兩人揮了揮手，說句「下回見」，便轉身離去，走了幾步，又回過頭來說：

「喂，彥次，你送阿園姑娘回家時，順便訂做一雙新木屐如何？」

彥次和阿園站在駒止橋上目送茂七離去。冒出嫩芽的蘆葦隨風搖曳。

那是小孩子的約定……彥次暗忖。會忘掉也是人之常情。重要的是，那約定一直支撐自己走了過來。彥次強忍著落寞，如此說服自己。

「單邊蘆葉。」阿園突然喃喃自語：「眞奇怪，爲什麼會這樣？」

只長在一側的葉子，宛如意味著兩人之間的回憶只留在一方的心裡……

「正因不知道爲什麼，或許才好吧。」

彥次邊說邊隨手喀吧折斷一片蘆葦葉。

第二篇　送行燈籠

1

阿倫會中選，是因爲大野屋沒有其他巳年生的女子，就只是這樣而已。

並非小姐故意刁難——阿倫決定這樣想。因爲小姐的相思病非常嚴重，嚴重到無法思及在神無月（註一）的丑時三刻（註二）讓剛滿十二歲的阿倫出門辦事是一件多麼殘忍的事。

大野屋是本所深川這一帶規模最大的菸草批發商。阿倫八歲時，便到大野屋做事。至今，每有長輩交代事情，她總是比對方說定的時間提早辦好，由於這份細膩的心思，大家都視她爲寶。

最近，阿倫最主要的工作是煮飯。大野屋是光伙計就有十一人的大家庭，每天早上，阿倫吹火竹筒時，總是吹得小小胸膛幾乎要裂了。剛開始負責煮飯的那個時期，每天忙到輪到自己吃飯時，

註一：陰曆十月。在這個月裡，眾神皆至出雲，也就是說所有的神都不在。

註二：深夜兩點。

都會頭昏眼花，甚至吃不下。

大野屋的小姐今年十五歲，逐漸有人來提親了；有很多人是看中小姐的姿色。因爲上面有個能幹的哥哥，即使不諳生意，也沒人會責難她。

反倒是小姐每天必須去學種種技藝，習字、三弦、古箏、舞蹈。熱衷此事的僅有母親一人，小姐則是半好玩地學，不過遇到喜事而必須在席上大顯身手時，小姐那豐滿美麗的臉頰，也會驕傲地染上紅暈。似乎只在這種場合，她對老是催她去學技藝的母親的那份不滿才會消失得無影無蹤。而陪伴小姐學技藝的差事，也是阿倫的工作之一。對還要負責家事的下女阿倫來說，日子過得實在忙碌。

不過忙碌的並非阿倫一人而已。小姐也在每天忙著學技藝的空檔，爲其他事操心傷神。她不停地談戀愛，經歷過多次戀愛；但她的戀愛直接連累到阿倫的這回倒是第一次。

「我去勸一下小姐好了。小姐也有點太任性了。」

清助對阿倫這樣說。他來到廚房泥地，彎下魁梧的身軀，在阿倫身邊蹲下來。阿倫望著爐灶裡的火光說道：

「不用，眞的不用。」

在眾伙計之中，就屬清助最年輕。他出門去催收賒帳時，頻頻鞠躬，回舖子裡也頻頻鞠躬。話雖如此，他並不是那種會對學徒頤指氣使的人，自然也就較爲沉默寡言了。能與清助親密交談的人很少，但阿倫是其中之一。自阿倫剛到大野屋做事，而清助也還是學徒時便一直如此。

阿倫有時會這樣想，阿清確實對自己很溫柔，不過那只是基於想讓他自己有個可以溫柔以待的晚輩，好讓他感到窩心的一種情感罷了。

只是眼下這個時候，倒令阿倫有點吃驚。再怎麼說，這回可是清助第一次說出近似非難小姐的話。而且清助不是爲了其他人，而是要替阿倫撐腰，這令她很高興。

「說是這麼說，但是小姐實在太過分了。小倫，妳不怕嗎？」

小姐吩咐阿倫每天夜裡丑時三刻去回向院裡面撿一顆小石子回來，而且要持續一百夜。這期間，絕對不能讓別人看到阿倫，絕對不能。

到了一百夜，積聚了一百個小石子時，在每個小石子上——

「寫著心上人的名字，然後丟進大川。聽說這樣就可以和心上人結緣。」

小姐唱歌似地如此說道。

回向院本來就不是結緣神社，就算祈願結緣，也沒聽過撿拾小石子的這種方法。小姐有位熱衷各種占卜的好友，據說這是那位姑娘的意思。對方說，緣分各式各樣，結緣的祈願方式也不止一套，而且因人而異。這種說法的確有道理，小姐完全信服了。阿倫知道，最近小姐和對方兩人瞞著古箏老師熱衷此事。

「可是如果要祈願結緣，小姐自己不去的話，好像不會有效果。」

清助說道。他搶走阿倫手中的吹火竹筒，用力吹著。火勢大增，熱氣令阿倫瞇起雙眼。

「聽說一定要巳年生的女子去祈願，小姐才能跟對方結緣。」

「這簡直是歪理。」

清助看似有點發怒地說道。

每次都這樣。清助絕不會發怒，只是**假裝**發怒。

「首先，在那種時候讓小倫單獨出門，萬一碰到拐子，小姐能怎麼辦？」

「我跑得很快，絕不會讓拐子帶走。」

清助嚴肅地搖頭。在煮熟的飯香中，他那一本正經的臉，因擔憂而陰沉得不是時候。

「妳不能想得太簡單，不特別小心不行。」

阿倫垂下頭。

其實她怕得要命。怎麼可能不怕，可是說出來也沒用。

阿倫覺得小姐很聰明。小姐吩咐阿倫做這事時，對著阿倫合掌說，妳就幫我這個忙吧。並說，她會請求阿富允許阿倫在晚上外出，叫阿倫不用擔心，她說完便一直望著阿倫的雙眼。

阿富是大野屋最資深的下女總管，對阿倫來說，也是最可怕的監督者；況且，在大野屋裡，恐怕她也是比身為親生母親的老闆娘還要疼愛小姐，疼得如掌上明珠，給小姐撐腰的人。只要小姐開口，她大概連江戶城的石牆都會取來。

因此阿倫如果不答應小姐的這種祈願的話，往後阿倫在大野屋的日子大概會過得比走夜路更艱苦。即使向老闆、老闆娘告狀，害得小姐挨罵，等事情告一段落，阿倫還是只能待在阿富地盤的這個家。

既然如此，倒不如就忍著睏意、寒冷和懼怕要來得好。

「……我代妳去吧？」

清助小聲說道。他的眼神忐忑不安，與其說他是要伸出援手，倒不如說是在徵求阿倫的同意要來得恰當。

阿倫緩緩搖頭。

「不行呀，一定要巳年生的女子才有效。」

「那……我陪小倫去好了。」

「這也不行，一定要我單獨一個人，不能讓其他人跟著。」

今晚開始要去祈願。到晚上之前，還有一整大堆積如山的工作。這樣不堪的心情，令阿倫突然想刁難清助。

「再說，清助先生，如果讓小姐知道你陪我去，小姐大概會認爲你在吃醋，說你存心想破壞小姐的戀情祈願。」

清助的魁梧肩膀頓時垮了下來，阿倫當下就後悔了。大野屋無人不知，眼前這個高大伙計暗戀著小姐——猶如被捕的鯨魚思念大海般地暗戀小姐。

2

從大野屋到回向院，以阿倫的腳力，要四分之一個時辰。

阿倫走出廚房後門，一陣寒風迎面吹來。夜裡寒風刺骨。她縮著身子，連左手提的燈籠火光也變小了。

阿倫邁開腳步，每一步都讓阿倫離大野屋、離溫暖的睡舖、離雖不快樂卻安全的地方愈來愈遠。籠罩街道的漆黑，濃得伸手觸摸彷彿會有沉甸甸的感覺，若是吃進嘴裡一定很苦。不知何處傳來東西擺動的呼啦聲。阿倫決定不去探究那「東西」，萬一沒找到什麼的話，會更恐怖。

也不能回頭，阿倫如此下定決心後，拚命往前走。今晚沒有月亮，或許被寒風吹走了。走到半路時最是恐怖。無論想逃回大野屋或逃進回向院都是同等距離。門板緊閉且熟睡中的商家或舖子的人，大概聽不到阿倫的叫聲吧。若碰到拐子企圖抓走阿倫，即使阿倫大喊，大概也不會有人聽見吧。只有野狗會瞥見被抓走的阿倫拐進街角時的身影，只有綁著頭巾防風的蕎麥麵叫賣小販會撿到冰冷的阿倫掉落的一隻草鞋。

經過本所元町的眾多舖子，來到可以看到回向院之處時，阿倫不禁拔腿飛奔，燈籠跟著搖晃，當她氣喘吁吁跑進院內時雙腳突然被絆倒了。

那聲音很可怕。在鴉雀無聲的院內，阿倫覺得自己的絆倒聲似乎驚動了什麼東西，令那個東西蠢蠢欲動。寒風陣陣，沙子吹進了阿倫的眼睛。

阿倫手中握著小石子。石子很小，也很冰冷。阿倫站起來拍打衣服的下襬，雙膝發抖地轉過身。

接著，她回頭往後看，覺得剛剛好像有人在看著她，讓她十分害怕。

樹叢沙沙作響，四周一片漆黑，阿倫頭也不回地奔逃。

飛奔，飛奔，只是飛奔。乾脆就這樣一直跑到大川，直接跳進河裡。不過當右邊出現兩國橋時，阿倫的雙腳轉了個大彎，哭喪著臉跑到一之橋時，這才停下來。

遠處有燈籠的亮光。

孤零零的一盞燈籠。

暈黃的亮光後面是大川，以深沉的夜色爲背景，飄浮在阿倫眼睛高度的地方。

寒冷的強風又颳了過來。阿倫睜大雙眼。她雖因冷風而流出淚，卻眨都不眨一眼。

遠處的燈籠也不眨一眼。

阿倫躡手躡腳往後退，接著緩緩閉上眼，再睜開。或許閉上眼睛的那一瞬間，燈籠會飛也似地挨近阿倫，而燈籠後面或許有什麼東西。

阿倫睜開眼睛，燈籠依舊文風不動。

「是誰？」

阿倫小聲問道，聲音小到對方根本聽不到。她問了才想到萬一對方回應了，那該怎麼辦？

燈籠紋絲兒不動。阿倫拔腿就跑。

她迎著寒風，緊咬著牙根，咬得下巴隱隱發痛。

阿倫停了下來，回頭看，一旁的路上滾著個大水桶，也有隻蜷著身子的貓。那貓看著阿倫，輕輕叫了一聲。

燈籠與方才一樣，孤零零地浮在同樣距離、同樣高度。在暈黃的光圈裡，看不到應該提著燈籠的人。燈籠明明跟在阿倫身後，後面卻沒有人。

是送行燈籠，阿倫恍然大悟。

單獨走夜路時，會有盞飄浮在半空的燈籠，不即不離地跟在身後。這是本所七怪事之一，阿倫聽老闆說過這詭異的事情。像老闆那般通情達理的人，果然是不說謊。

燈籠透出暈黃亮光。令人莫名感到一股暖意的那個亮光，與其說是燈籠，倒不如說是某種生物的目光要來得恰當些。

快到大野屋了。應該鬆一口氣的阿倫，胸口卻怦怦跳得喘不過氣來。她知道大家都說送行燈籠的原形是狐狸或狸貓，甚至是不爲人知的妖怪。而且若想讓跟在身後的燈籠離開，就必須向燈籠致謝；拋擲一隻草鞋和一個飯糰。若不向燈籠致謝，發怒的燈籠——也就是燈籠的主人——會吃掉其尾隨的那個人，阿倫很清楚這個說法。

所以她才想哭；想哭得不得了。要是拋出一隻草鞋，明天開始就沒有草鞋可穿，而且這個時候到哪兒去準備飯糰？對方肯定會吃掉阿倫。

阿倫站在廚房後門的門板前哭泣。雖然沒碰到拐子，但阿倫照樣沒辦法活命。

「怎麼了？小倫。」

清助的手擱在門板，自門後探出頭來。他白皙臉上的那雙眸子顯得烏黑。

阿倫邊哭邊指著身後。

「送行燈籠……」

燈籠消失了，身後只有呼嘯而過的寒風，只有不知何處的木板牆發出咯吱聲。

3

自那晚以來，送行燈籠每晚都跟在阿倫身後，每晚都不缺席地跟在身後。

三天之後，阿倫逐漸不再害怕。她發現送行燈籠在她去回向院的路上就已經跟在後面了。

阿倫也曾設法想確認燈籠到底何時出現。她有時會像平常開玩笑嚇人那般邊走邊突然回頭，但是燈籠並不在後面。她有點不安地繼續往前走，之後再度回頭時，暈黃亮光已飄浮在夜色之中。每次都是如此。

這事阿倫只告訴清助。他聽後臉色發青地說：

「小倫，妳被妖魔纏上了。一定是狐狸或狸貓搞的鬼。狐狸的話還好，要是狸貓就糟了。」

「爲什麼？」

「狐狸迷惑人時，會牽著那個人的手，自己走在前面，所以不會把他帶到危險的地方。但狸貓很笨，迷惑人時繞到那個人身後，推著那個人的背往前走。那個人根本不知道會被推去哪裡。」

「那要怎麼分辨是狐狸還是狸貓迷惑我？」

清助沒回答，只是一副看起來很悲哀的表情。

阿倫每晚從回向院回來，都會悄悄到小姐房裡。小姐會立即接過阿倫撿拾的小石子，雖然她人在被子裡，眼神卻很清醒。小姐接過小石子的手，像懷爐那般溫暖，然而那手寧可握著小石子也不肯握阿倫的手。

白天時，小姐如常出門習藝，阿倫則抱著布包跟在小姐後面。阿倫不時聽著習字老師的聲音或琴聲打盹，不過她還是隱約聽得見小姐與朋友竊竊私語時，那如春天潺潺水流的說話聲。

日復一日，那聲音逐漸顯得快活。阿倫不知道是不是祈願起了作用，只是從偶爾聽到的內容，她得知小姐愛慕的人是上個月在夜市認識的。而且那個人不像時下的情侶那般，可以在小姐想見面時就見面。

是鋪子伙計？還是戲棚的戲子？

僅有一次，在習字回家的路上，阿倫看到應該是小姐對象的那個人。那人身材修長，站在阿倫與小姐回家的路旁，小姐發現那個人時，吩咐阿倫先回去。

阿倫往前走了一段，儘管覺得對小姐有點過意不去，但還是折了回來，她瞥見兩人在一起的身影。她看到小姐的手擱在對方的胳膊上，兩條影子看似要黏在一起了。

當時小姐那白皙的手，清晰映入阿倫的眼簾。白得猶如始終蜷伏在不見陽光處的蛇腹，而且纏繞似地輕輕抓住男子的手。

男子臉上浮現微笑，俯視著貼近自己的小姐。雖然對方的打扮與一般人無異，但稍微嫌小的髮髻結得很整齊，靠近的話，肯定可以聞到髮油味，而且絕對不像清助那樣身上會發出塵埃和汗水、菸草味吧。男子的手和指甲，大概也跟小姐一樣乾乾淨淨。

小姐似乎說了什麼，男子回應後，兩人笑了起來。小姐的下巴動著，男子露出牙齒。阿倫看到男子那白皙得近乎冷酷的光滑牙齒。

那光景難看得令人作嘔。阿倫不知道那男子是誰，心想就算知道，大概也無法對他有好感。她完全無法理解，小姐爲什麼那麼喜歡那男子。無論兩人到底爲何而笑，阿倫覺得，他們聊的話題，在其他人聽來，應該不是那麼有趣。

有關那男子與小姐的事，清助似乎比阿倫更清楚。

「我覺得小姐愛錯人了。」

有一次，阿倫對清助這樣說。那天從回向院回來時，清助幫阿倫留了一小盆火。

「小姐怎麼會喜歡那種來歷不明的男人？我覺得清助先生跟小姐比較配。」

清助默不作聲。他倒了一杯白開水遞給阿倫，那動作似乎是不想讓阿倫看到他的表情。阿倫說他跟小姐很配時，清助內心也許很高興。阿倫想到這裡覺得有點不甘心。

無論阿倫怎麼說，清助的態度始終沒變。他能做的只是每晚送阿倫出門，然後等阿倫回來，確認阿倫平安無事而已。

祈願了半個月左右，某天晚上，小姐也起來送阿倫出門。那時小姐和清助打了個照面，清助慌忙向小姐行禮。

「原來是阿清呀！」

小姐只說了這麼一句。清助因不敢正視小姐著睡衣的身影，移開視線望向別處。小姐那張扁平的臉，一直注視著清助。

「原來你也在幫我祈願，眞體貼。」

小姐貼近清助如此說道；跟那天貼近那男子一樣。接著她默不作聲地笑著，臉上掛著笑容回房去，留下環抱著猶如冷炭般冰冷大手的清助呆立原地。

阿倫暗忖，迷住清助的到底是狐狸還是狸貓？

「清助先生。」阿倫問道：「你喜歡小姐嗎？」

清助又圓又大的頭點了一下。

「你爲什麼喜歡小姐呢？小姐對你一點都不溫柔，你爲什麼喜歡她呢？」

清助沒有回答，只是蜷縮著寬大的背。他轉頭望著阿倫，阿倫發現自己竟在不知不覺中握緊小小的拳頭。

「小倫是個好女孩。」清助對阿倫笑道：「小倫，送行燈籠或許很喜歡小倫，或許是非常喜歡小倫的某人。」

那晚，阿倫對著尾隨在身後的燈籠小聲問道：

「你是狐狸？還是狸貓？」

燈籠飄浮在半空發出亮光。阿倫走在路上，燈籠跟在阿倫身後。阿倫與燈籠之間，總是保持同樣的距離，但現在的阿倫有時會覺得若在夜色中伸出手，大概可以感覺得到跟在身後那盞燈籠的溫暖；而那份溫暖，類似清助的溫暖。阿倫已不再害怕。

如此過了幾晚，阿倫終於想到——

難道那是清助先生？

清助雖然說過什麼狐狸、狸貓的，其實那是清助爲了保護阿倫，悄悄跟在阿倫身後。想到這裡，阿倫內心似乎也亮起一盞燈籠。

4

事情發生在祈願一個月後的某個晚上。

阿倫從回向院回來時，大野屋竟像是醒了似的，整個鋪子燈火通明，聚集了許多人。木板拉門脫落，掉落在路上。

有人叫醒大野屋的人。到底發生了什麼事？

阿倫奔至廚房後門，有人從背後拉住阿倫說道：

「小倫？妳是小倫嗎？」

阿倫抬頭一看，眼前正是負責這一帶犯罪案件的捕吏——回向院茂七頭子。頭子蹲下身來，與阿倫眼睛一般高，然後摟住阿倫問話。頭子身上傳來一股鹹味。

「妳到哪兒去了？妳一直都在什麼地方？妳沒在屋裡很幸運，不過妳到底跑哪去了？」

阿倫覺得喉嚨很乾。有人抬著木板出來，木板上躺了個人。那個人身上蓋的不是蓆子，倒像是誰的衣服。這表示木板上的那個人沒死。從遭人擊破的門縫流洩出扇形亮光，阿倫看到泥地上有著點狀的黑污，也看到打翻的水缸。一條色彩鮮豔的腰帶，像死去女人的長髮，長長垂掛在木板沿和泥地之間。

「強盜闖了進來。」

茂七頭子順著阿倫的視線說道。

「裡面很慘嗎？」

阿倫好不容易才出聲這麼問。頭子想了一下才回答：

「老闆和老闆娘都沒事。倒是小姐差點遭殃，幸好伙計清助救了她，才沒受傷。」

「清助先生受傷了？」

阿倫問道，頭子點頭說：

「不過妳放心，不要緊的，可以救的，一定有救的。」

茂七頭子帶阿倫到夜氣吹不到的地方，跟阿倫說明事由。

闖進大野屋的強盜是最近轟動市內的一夥竊賊，奉行所（註）對此也深感棘手。他們的手法是行搶之前，先和事前盯上的舖子裡的人接近，再從那個人探出內情。因此一旦行搶時，手法殘酷得如野火，一掃而空。

「小姐她……」阿倫不禁喃喃自語：「也許小姐她……小姐祈願的對象是……」

茂七頭子皺著濃眉問道：

「祈願？祈什麼願？」

阿倫向頭子全盤托出，茂七頭子緩緩點著頭說：

「原來如此，小姐愛慕的對象正是強盜那一夥人。小姐大概打算今晚和對方幽會吧，可是那男子一開始就是懷著其他意圖來大野屋的。」

透出亮光的地方，傳來哭泣聲。阿倫躲到茂七頭子背後，接著她悄悄望著回來的方向。

唯有今晚，燈籠沒跟在後面。

茂七頭子察覺阿倫凝視著路口，他朝那裡瞥了一眼問說：

「怎麼了？有什麼東西嗎？」

阿倫默不作聲。

阿倫去回向院的事，也在強盜闖入的那晚停止了。不久，傷口還未痊癒的清助便離開了大野屋。

舖子的人都說那是小姐的意思。小姐說，清助看到那晚的事，所以受不了清助待在身邊。

「雖然他救了我，可是想到往後他始終記得救了我的事，還用讓我想起那事的眼神看我，我就會受不了。他不會要我感恩，但大概也忘不了那件事，這一點我受不了。」

原來小姐不喜歡清助，阿倫心想，小姐完完全全不喜歡清助。

清助沒跟舖子的任何人告別就離開大野屋。聽說他將到同樣是菸草批發商，老闆遠親經營的舖子做事。那邊沒有嗣子，將來打算招清助入贅。清助沒拒絕這門親事。

清助明明喜歡小姐，卻要當其他女人的贅婿。

那晚阿倫再度前往回向院。如果今晚送行燈籠跟在後面，無論如何她都要確認在燈籠後面的到底是誰。

寒風冰冷得令阿倫幾乎凍僵，腳下發出敲打金屬般的尖銳聲。

註：江戶時代的衙門。

阿倫走了一段路之後回頭，跟在身後的只是一彎細長的月亮。透過凜冽的夜氣仔細瞧，依舊不見那個亮光。

——那是喜歡小倫的某人，非常喜歡小倫的某人。

阿倫只是佇立在街頭，凝望著漆黑。

第三篇　擱下渠

1

「看來像是岸涯小鬼的惡作劇。」

嘈雜的人聲裡傳來特別宏亮的這個說話聲，讓阿靜回頭張望。

這裡是兩國橋東邊橋頭的一家麥飯舖，時間是中午時分。在這種光是呼吸就會流汗的季節，樸素的「山藥汁麥飯」招牌吸引了不少客人。對負責端菜的阿靜來說，此時正是一天中最忙碌的時刻。

說這話的是負責本所深川一帶的捕吏頭子——回向院茂七。

「熱天吃山藥汁麥飯最好。只要把這個裝進肚子裡，就絕不會中暑。」

他老是這樣說，也時常來吃飯。茂七通常都是單獨來，今天身邊卻有個醒目的美女。

她年約三十，膚色白皙，臉頰豐滿柔嫩，嘴唇的胭脂鮮豔奪目。

「哎，是富士春。」

聽到斜眼瞧那女人的客人如此低聲說道，阿靜恍然大悟。

（原來是常磐津（註）的三弦老師……）

難怪打扮得這麼時髦。

阿靜突然想到自己比富士春年輕，卻雙手粗糙、頭髮乾枯，而且繫著圍裙，突然悲從中來。

雖然明知拿自己和以技藝爲生的富士春那種女人比較，本來就不合理。但會這樣想，全因失去庄太之後的寂寞所致。

庄太未過世之前，阿靜認爲自己是全江戶最幸福的老婆；鮮眉亮眼，美得甚至不輸吉原的花魁。

如果庄太在自己身邊的話。

想到此，阿靜再度感到無依無靠。那股想追隨庄太而去的心情，像冷水般滲入體內。

「聽說岸涯小鬼是水獺化成的妖怪？」

一旁響起舖子老闆的聲音，阿靜這才回過神來。

「這個啊，有人說是水獺，也有人說是狐狸，各種說法都有，不過好像沒人知道眞相。」

茂七頭子邊扒飯邊如此回答。

茂七，醬油般顏色的臉，嘶啞的嗓音，已經到了有孫子都不足爲奇的年紀，但聊得起勁時，簡直像個天眞的孩子。

不僅茂七，在座的客人也停下筷子，捧著大碗，一副輕鬆自在、無憂無慮的神情，側耳細聽或在一旁插嘴。

「說是這麼說，頭子眞相信那種事嗎？」

坐在角落的年輕師傅奚落茂七。茂七「喔」地應了一聲，接著說：

「當然相信。那傳說是眞的。我有個姜太公朋友，甚至釣的魚都被拿走了，好不容易才逃回來。」

阿靜不禁微微笑了起來。

他們說的是「擱下渠」的傳說。正如那年輕小伙子所說的，這的確不是頭子平日的作風。阿靜繼而又想頭子的這番閒談，大概是想替我打氣。雖然他嘴巴上說了種種理由，但每隔兩、三天就來舖子，應該是惦念著我才來的吧。

這的確値得感謝，可是心裡的那個創傷已無法彌補了。

「擱下渠嗎？我本來以爲那只是無聊的怪談，頂多是狸貓的惡作劇而已。」

老闆歪著頭說道。

擱下渠是本所七怪事之一，阿靜曾聽人說過，也曾看過圖畫。

據說到了傍晚，若有滿載而歸的釣客，興高采烈路經本所錦系渠附近，不知何處便會傳來這樣的叫喚：

「擱下……擱下。」

即使認爲聽錯了而置之不理，那聲音也會一直緊追在後。當事人害怕得奔跑回家後，才發現魚簍裡已空無一物——這是傳說的內容。

註：一七四七年由常磐津文字太夫在江戶開創的流派，以三弦琴說唱的方式爲歌舞伎舞蹈伴奏。

庄太以前曾如此笑道：

「多半是平素愛誇口的釣客，因釣不到魚，爲了辯解空魚簍而絞盡腦汁編造出來的鬼話。」

「難道你不怕？」

「叫賣鮮魚的小販，聽到有人叫你擱下魚，怎麼可能眞的擱下？所謂七怪事，起初應該只是一種俏皮話吧。」

庄太是個很有活力的人……每次想起他，阿靜總會在心底哭泣。

「岸涯小鬼到底長什麼樣子？」

坐在後面的其他客人如此問道。茂七頭子轉過身子回應，來勁得簡直要口沫橫飛。

「聽說長得很恐怖。身子雖然只有小毛頭那般大，但雙手和雙腳都有類似魚鰭的蹼，而且指甲尖銳，頭大約有醬油桶那麼大，睜著嬰兒頭大小的眼睛，嘴巴大概是大板車車輪的一半大，嘴裡長滿七首般的獠牙。不管是鯉魚還是其他魚，都連頭帶尾嚼得咯吱作響，連骨頭都不剩。而且啊……」

頭子煞有介事地壓低聲音繼續說：

「聽說碰到岸涯小鬼時，必須丟出魚簍內最肥美的魚，趁那傢伙吃魚時趕快逃走，要不然會被那傢伙吃掉。」

客人笑語喧嘩。富士春也靜靜微笑。

「擱下渠會出現岸涯小鬼，是眞的嗎？」

「當然是眞的。我家的小伙子還看過腳印。」

這回客人不禁喧鬧起來。

「什麼樣的腳印？」

「聽說跟大得出奇的青蛙很類似。那小子不是膽小的傢伙，但看到腳印時也嚇得幾乎直不起腰，爬著回來。」

「腳印往哪裡走？」

老闆探出身子問道。頭子豎起手指示意方向。

「聽說一直到三之橋那邊。我趕到現場時，腳印就消失了，太可惜了。」

阿靜首次感到震驚。

阿靜住在三之橋附近——綠町五丁目豎川旁的十戶毗連大雜院。

心裡發毛的並非阿靜一個人而已，其他客人也格外安靜。

接著響起分外響亮、像要一笑置之的聲音；是個剛進門，看似遊手好閒的男人，臉頰有個大傷疤。他相貌和善，一副機靈的樣子。

「這沒什麼，在我家鄉不叫岸涯小鬼。外觀雖然有點可怕，但光吃魚，不使壞。」

「那原形到底是什麼？」

男人哼了一聲地說：

「聽說是死不瞑目的漁夫或魚販轉世投胎的。」

鋪子裡籠罩著與方才意味不同的靜默。

在這麥飯鋪出入的客人，大多知道阿靜的身世。不但知道阿靜過世的丈夫庄太是魚販，也知道庄太死於非命。

「喂，你別胡說八道。」

鄰座客人責難地說，遊手好閒的男人抬起下巴說道：

「我哪裡胡說八道了？在我家鄉的確是這麼說的。賣魚為生的人遭到橫死、不能瞑目時，就會變成岸涯小鬼。」

鄰座男人也一副要打架的模樣，撐起上半身。茂七頭子居中調解：

「大男人沒必要為這種事吹鬍子瞪眼睛。是我不對，不該提這事。說來說去，岸涯小鬼應該是水獺化成的妖怪，一定是這樣的。」

不久，頭子打算離開舖子時，看著阿靜，揚了一下眉毛。

（抱歉，事情竟變成這樣。）

他的表情似乎是這個意思。阿靜默默鞠躬。跟在頭子身後的富士春，也一副要阿靜諒察地微微點頭。

接著，有那麼一會兒，她一副有口難言地望著阿靜。那眼神強烈得令阿靜不禁往後退，只是她終究沒開口說半句話。

（這人好文靜……可是她為什麼那樣看我？）

對方是常磐津三弦老師，聲音應該嬌滴悅耳，也應該很大方。如果她有話想對阿靜說，不可能沉默不語。

阿靜有些在意，事後不動聲色地提起富士春的事，麥飯舖老闆竟說了出人意表的話。

「她很可憐。本來聲音很好聽。」
「本來聲音很好聽……」
「是啊。聽說喉嚨長了惡性腫瘤，聲音啞了。叫不出聲的杜鵑鳥，太可憐了。」
「以前就這樣嗎？」
「不，好像是一個月前惡化的。鄰居發現富士春痛苦得喘不過氣來，用木板把她抬到町醫生那兒。」

阿靜心裡浮現富士春那有口難言的眼神。
原來那麼美的人也會遭遇不幸。
人生眞是不如意事十之八九。活在這世上，根本沒一件好事。思及此，阿靜不禁停下洗碗的手，失神地呆立一旁。

2

阿靜今年二十四，帶著剛滿周歲的角太郎，白天在麥飯舖做事，晚上忙著針線活的副業。母子倆如此相依爲命的日子，已過了一個月。
她與過世的丈夫庄太，是兩情相悅結爲夫妻的。夫妻感情好得令人羨慕，兩人也有夢想，打算努力工作存錢，將來在大街開鋪子，沒想到庄太竟死於非命。
一個月前，梅雨總算結束，令人心情愉快的季節來臨時，庄太不知遭何人殺害。

庄太的屍體浮在大川旁的百本杭。他那天如常到魚市進貨，之後也有很多人看到他在叫賣。不料他在傍晚時突然失蹤，過了回家時間還不見人影，正當阿靜擔憂不已時，傳來的竟是殘酷的死訊。

他並非溺死，脖子上明顯留下遭人絞死的痕跡。

回向院的茂七頭子一面安慰哭泣不已的阿靜，一面竭力追查凶手。

然而一點線索都沒有，無論如何調查，都找不到庄太慘遭殺害的原因。

（妳別灰心。一邊料理後事，一邊耐心等著吧。）

頭子這麼說道，並為了阿靜和角太郎往後的生計，幫她找了工作，正是麥飯舖。

角太郎還小，阿靜決心不論怎麼拚命工作也要把孩子養大，否則對不起庄太。

話雖如此，每當她望著呼呼熟睡的角太郎，將座燈拉到身邊一針一針縫衣服時，看到角太郎那天真的臉孔，有時會想到庄太開朗的臉龐，此時，阿靜便會陷入筆墨難以形容的孤寂。

阿靜本就不是剛強女子。庄太之所以會愛上阿靜，正是因為阿靜的那種嬌柔，那種放她單獨一人的話，似乎就會消失了的柔弱。

（妳什麼都不用擔心，有我在。）

這是庄太的口頭禪。阿靜倚仗著他，全然讓他呵護著，過著雖貧窮卻也安枕無憂的日子。

（庄太，我一個人眞的活不下去。角太郎也很可憐……）

阿靜現在有時仍會蒙著薄被哭泣，更常因思念庄太而食不下嚥。

「妳這樣怎麼活下去？要堅強起來。」

阿靜白天到麥飯舖工作時，幫忙照顧角太郎的鄰居阿豐，不時如此斥責阿靜。最近阿豐更是愈說愈嚴厲。

「要是我，丈夫不在反而落得輕鬆。」

可是我不是呀，阿靜心想，我沒有庄太就活不下去。

至今她也曾幾度想要自殺。

就在五天前，她陪角太郎睡覺時，眼淚盈眶，無法自制，心想活著也沒什麼意思，不如抱著角太郎去跳大川，到陰間和庄太在一起。

她抱著孩子，在外面走了很長一段時間。話雖如此，她並沒有走遠。因爲擔心別人盤問，而且眞在暗夜裡行走，連走在大川附近都覺得恐怖。

只能在大雜院附近徘徊，待東方出現朝霞時，才邊哭邊回到被窩裡。角太郎始終睡得很熟。

今晚阿靜又失眠了，一直望著角太郎的睡臉。

白天他們說的是眞的嗎？

在擱下渠出現的那個岸涯小鬼，是靠魚爲生的人投胎轉世……這有可能嗎？

說是這麼說，其實阿靜也想過，庄太的靈魂或許還未昇天，仍在阿靜和角太郎身邊徘徊。

阿靜認爲庄太不可能瞑目。角太郎正是可愛的時候。男孩學說話比較慢，但角太郎最近已偶爾會咿咿呀呀地說些聽起來像是「阿爸」、「阿母」的單音。雖然他還不會走路，但是只要牽著他的手，他也會嗨喲地站起來，爲他「瞧，站起來了」歡呼時，他會拍著圓胖小手笑得很高興。

阿靜臉頰掛著幾道淚痕，天快亮時才總算睡了一下。

不到半個時辰，她便起床了。阿靜的早上比任何人都開始得早。直到角太郎不用包尿布爲止，她得洗的衣物比別人家多了許多，何況還有必須趁孩子睡覺時做的家事。

打開關不緊的門，仰望灰濛的天空，阿靜用手指輕輕壓著腫脹的眼皮，這時——

有個東西映入阿靜的眼簾。

大雜院水溝蓋一旁的地面總是溼漉漉的，那裡有腳印。

腳印朝阿靜家走去。

這腳印很大，比阿靜的大。指甲很長，而且……

（是蹼。）

阿靜蹲下來仔細看，指甲間的確有看似刷子刷過的模糊痕跡。

這不是人的腳印。

彷彿有人在呼喚似的，阿靜倏地站起身，從巷子大門至井旁，一路尋找這腳印。

接著，她在伸手一碰就會發出咯吱聲響的巷子大門旁，發現了另一個腳印。

這回腳印是朝走出大門的方向而去，比剛才那個模糊。

阿靜不禁仰望大門上方。房東所寫的簡略名牌裡，「庄太」兩字仍與其他房客的名字並列，掛在那兒。

阿靜走出大門，繼續往前找，卻找不到其他腳印。

很難不叫人想起昨天大家所說的岸涯小鬼。

這腳印，如果這是庄太投胎轉世後的腳印，而且他想回到自己和角太郎身邊的話——

阿靜搖了搖頭，打消這個念頭。

不可能有這種事。這大概是鄰家的辰造又喝醉酒回來時拖著踉蹌的腳步留下的。由於喝醉了走錯門，才在阿靜家門口留下腳印吧。

阿靜拿著掃帚，將兩個模糊的腳印掃掉。萬一讓其他孩子看到了，會引起騷動。

腳印雖然自地面上消失了，卻在阿靜心中留了下來。這可就無論如何也掃不掉了。

接連的第二天、第三天，腳印又出現了。

3

第四天晚上，阿靜終於下定決心。

她決定到錦糸渠，也就是擱下渠一趟。她想親眼去瞧個究竟。

岸涯小鬼是否眞的會出現，而那小鬼——是否眞如麥飯舖那個遊手好閒的男人所說的，是人投胎轉世的。

（我要去看看，那到底是不是我家那口子投胎轉世的。）

從三之橋到錦糸渠，以女人的腳力必須走四分之一個時辰。再說，妖怪不可能於白天出現，不到傍晚過後，去了也沒用。

太可怕了。

庄太還在世時，阿靜曾去過夜市，也曾在傍晚到大川旁乘涼散步。

可是單獨一個人過日子以來，要阿靜在傍晚出門，簡直要有自二樓跳下去的勇氣。

何況自從七怪事造成轟動之後，連釣客都難得到擱下渠那附近，婦孺就更不用說了。姑且不管是否眞有駭人的聲音向人呼喚「擱下」，大家早就知道那一帶非常荒涼。

角太郎怎麼辦呢？阿靜猶豫不決。將他留在屋裡，她也不放心，托阿豐照顧的話，就必須找一個圓滑的藉口。阿豐那人相當敏感，軟弱的阿靜一經她追問，恐怕會結結巴巴地說不出話來。

一起帶去吧，最後阿靜這麼決定；緊緊抱在懷裡就行了。再說，如果如果那妖怪是庄太投胎轉世的，如果庄太是爲了想見阿靜和角太郎而回到這裡的話，那就一定不會傷害阿靜母子，或許見到角太郎還會很高興。

所幸今晚是個月夜。

五刻半（註）時，阿靜抱著熟睡的角太郎，隻手提著燈籠走出大雜院。萬一途中有人問起，就說孩子急症，要帶去看醫生。

阿靜沿著豎川一路小跑步，經過北辻橋。在不見燈火也不見行人的街道舖子之間，阿靜猶如膽小的老鼠，盡量住陰暗處跑。夜路實在很奇怪，總覺得背後有人跟蹤。

擱下渠正如其名，像被整個城市擱在後頭那般，是個荒涼的地方。稀稀落落的椿子像老人的牙齒，上面纏著溼漉漉的蘆葦葉。阿靜頭上搖曳的柳枝，每逢有風吹起，便像煙霧般左右飄盪，並發出低微的竊竊私語聲。聽在阿靜耳裡，那聲音像是在說「兮兮兮……兮兮兮……」彷彿有人在打冷顫似的。

阿靜面向溝渠靠著柳樹幹，俯視深深沉滯的漆黑水面。

兮兮兮……兮兮兮……

四周鴉雀無聲，只有柳枝搖曳。

這樣到底等了多久？

除了靜寂還是靜寂。阿靜因爲害怕與悲傷，又想到自己怎麼會迷迷糊糊來到這裡，益發覺得自己和角太郎很可憐，不禁哭了出來，接著她轉身邁出步伐打算回家。

這時，有個像要揪住阿靜的聲音響起。

「擱下。」

阿靜的心臟簡直要跳出來了。

她呆立原地。

「擱下。」

那聲音低沉沙啞，卻大得隔著一條街也能聽到。不是人聲，人不會發出這種聲音。

阿靜緊緊抱著角太郎，回過頭去。

「擱下。」

那個聲音再度響起。

「是你嗎？」

註：晚上九點。

阿靜鼓起勇氣，好不容易才出聲問道。她的聲音聽起來很遙遠。

「是庄太嗎？」

過了許久都沒有回應。柳葉在風中作響。

「阿靜。」

那聲音說道。

阿靜的手起了雞皮疙瘩，一股寒氣自頭頂貫竄全身。

「是庄太嗎？」

阿靜全身不停顫抖，她往溝渠靠近一步，舉起燈籠照看。

那聲音哀嘆地說：

「見不得人。」

接著傳來撲通跳進水中的聲音。

阿靜茫然呆立了一會兒，隨即轉身逃開。那東西呼喊我的名字，而且還很痛苦地說「見不得人」。

絕對錯不了，那是庄太。他爲了見我和角太郎，變成見不得人的岸涯小鬼，卻無法回到自己家來相會，也無法在我面前現身，只能哀嘆一聲，逃進水中。

阿靜邊哭邊跑，來到可以看到大雜院大門時，才放慢腳步。角太郎醒了，一臉莫名其妙地仰望著母親。

「阿靜。」

阿靜聽到有人喊她，嚇了一大跳。

原來站在眼前的是阿豐。

4

「如果真是這樣，一定要祭拜，想辦法讓庄太瞑目。」

聽阿靜說完事情的來龍去脈，阿豐斬釘截鐵地如此說道。

阿豐說最近覺得阿靜顯得奇怪，早就在留意她了。今晚阿豐發現阿靜悄悄出門，自己追到半路跟丟了。

「可是我該怎麼做呢？」

阿豐握著邊擦淚邊喃喃自語的阿靜的手說：

「明天晚上，我陪妳去。妳明天要跟庄太好好說，問他到底妳要怎麼做才好。」

於是第二天晚上，在同一時刻，這回和阿豐手牽手，阿靜再度前往擱下渠。阿豐幫阿靜揹著角太郎。

阿靜則是除了燈籠之外，又捧著笊籬，裡面盛了幾片鯉魚肉。

這本是窮人家平素吃不起的東西，但庄太生前很愛吃鯉魚生魚片。今晚是阿豐的建議，雖買不起整條鯉魚，至少買些魚頭和幾片魚肉給庄太。

站在昨晚那棵柳樹旁，阿靜鼓起勇氣呼喊：

「庄太，阿靜來了。」

她接著又說：

「庄太，沒什麼見不得人的。只要是你，不管變成什麼樣子，我都不怕。我也帶角太郎來了。請你出來和我們見見面，至少讓我們聽聽你的聲音。」

阿豐以眼神示意，催促阿靜將笊籬內的鯉魚拋到水裡。

撲通——撲通——撲通。

水面出現漣漪，旋即消失了。

阿豐這時突然扯阿靜的袖子。

「噓，有人來了。」

吹熄了燈，兩人慌忙躲進蘆葦叢裡。

兩盞燈籠搖搖晃晃地挨近。像是赤腳踩在地面的腳步聲，來到溝渠附近，走走停停，猶豫不決了好幾次。

「我們回家吧。」女人的聲音說道。

「不，不行。總之不看個究竟不行。」男人的聲音說道。

阿靜徐徐抬起頭來。

（是川越屋夫妻……）

那是菊川町一家梳妝品批發商的老闆和老闆娘，也是庄太的老主顧。庄太時常抱怨，老闆娘阿光是個很會挑剔的人。

（我很討厭那種女人。那女人默不作聲地看著人時，總覺得像是被蛇盯上了。）

阿靜也聽說老闆吉兵衛很膽小，在阿光面前抬不起頭。

這對夫妻跟方才的阿豐與阿靜一樣，彼此依偎站在溝渠旁。

冷不防地，那聲音響起了：

「川越屋。」

阿豐縮了縮身子，阿靜也嚇了一跳，將手貼在胸前。

阿光的燈籠掉了，燒了起來，突然照亮的溝渠旁，只見夫妻倆臉色十分蒼白。

「川越屋。」

聲音再度呼喊著，吉兵衛嚇得站不穩，好不容易才開口說：

「是我們，是我們。」

阿光想躲到吉兵衛背後，吉兵衛卻想將阿光推到前面。

「擱下。」聲音接著說道。

「要擱下什麼？」

全身發抖的吉兵衛問道，聲音立即回答：

「阿光。」

阿光慘叫一聲，拔腿就跑，吉兵衛卻一把抓住她的後頸，將她拉回來。

「把這傢伙擱下，就能饒過我嗎？」

「別開玩笑，不是我，找人殺死你的，不是我啊！」

阿光如此嚷嚷。阿靜與阿豐在蘆葦叢裡面面相覷。

「找人殺死？」阿豐低聲說著。

阿光發狂般揮舞著雙手，繼續大喊：

「殺死你的不是我，是這個老頭。我告訴他也許你看到了我對富士春下毒，這人很膽小，老是擔心你會向辦事處報案……」

阿靜聽得目瞪口呆。富士春正是那位和茂七頭子到麥飯舖吃飯，因喉嚨生病，沒出半點聲音的常磐津三弦老師。

「……他擔心得連晚上也睡不著覺，所以花錢僱了本地幾個地痞，把你殺了，和我一點關係都沒有，都是這個人做的！」

阿豐拉了拉阿靜的袖子說道：

「走，去跟茂七頭子報告。」

阿靜和阿豐正打算站起身時，拉拉扯扯的川越屋夫妻也爭先恐後地逃走了。阿靜兩人等他們離開，才往另一個方向跑去。

兩人身後響起從擱下渠傳來的啃咬東西的咯哧聲。

5

過了兩天，茂七頭子又到阿靜工作的麥飯舖。

「今天我不是客人，不過我要借用一下阿靜。」

茂七頭子說完，便帶著阿靜到附近的甜酒釀舖。

「川越屋夫妻總算招供了。」

茂七喝了一口甜酒釀，開口說道。

阿靜垂眼望著膝蓋，微微點頭。

「我在擱下渠聽到了事情的詳細經過，就認爲一切都拜託頭子肯定沒問題。」

事情果然就如阿光那晚失去理智時所嚷嚷的，是川越屋吉兵衛僱人殺死庄太。

「事情的起因其實很無聊。一開始是因爲吉兵衛愛上常磐津三弦老師富士春。」

據說富士春的聲音非常圓潤悅耳，聽到她的聲音，連櫻花花蕾也會在寒冬綻放。

「或許吉兵衛本來就別有居心，但他最初只是迷上富士春的聲音。而富士春早已名花有主，吉兵衛只是來學三弦的弟子之一，她根本不放在眼裡。但是那個老媳婦阿光，是個醋勁很強的女人，她氣不過當家的迷上富士春，受不了那會迷住男人的聲音，好幾次闖進富士春的排練場無理取鬧。富士春也是個好強的女人，當然不會就此認輸。論膽量、口才，富士春都在阿光之上，每次都把她修理得啞口無言。」

茂七皺起眉頭繼續說道：

「可是大概正是因爲這樣才惹禍上身。阿光終於氣昏了頭，在富士春家的水缸偷偷摻了會燒灼喉嚨的藥。」

「那麼富士春老師不是喉嚨生病才發不出聲音？」

「對，那是她對外的說法而已。大概再也無法恢復原來的聲音了，甚至差一點連命都沒了。」

頭子皺起眉頭，撫摩著喉頭，繼續說：

「阿光狠狠整了令她憎恨的富士春之後，本以爲可以出一口氣，可是她從富士春家悄悄出來時，卻被妳家庄太看到了。」

庄太毫不知情。阿光平素就待人冷淡，眼神總像是充滿怒意，有話也不明講，所以庄太毫不起疑。

「再說，富士春本人雖然隱約察覺是阿光幹的，但爲了體面，她無法明說是因弟子的老婆吃醋，下毒灼傷了她的喉嚨。要是對方反問有沒有證據，事情恐怕就會不了了之了。因此她下定決心有朝一日一定要報仇，於是就跟我剛剛說的那樣，暫時對外說是『喉嚨生病』，所以對川越屋來說，根本不用擔心庄太會起疑。」

茂七喝光甜酒釀，接著說：

「可是人就是這麼脆弱，自己心裡有鬼，所以每次見到庄太就會坐立不安。以爲庄太知道什麼，在背後得意地偷笑……」

「我家那口子不是這種人。」

阿靜立即反駁。茂七點點頭說：

「那當然，這點我也很清楚。可是阿光不這麼想，她向吉兵衛坦白一切，慫恿吉兵衛，要是不除掉庄太，可能會影響川越屋。」

吉兵衛非常驚訝。要是阿光因爲吃醋所做出來的事東窗事發，他們可就沒臉面對世人。

「之後的事，就跟妳在擱下渠聽到的一樣。」

「頭子，您一開始就看穿了這整件事嗎？」

茂七搔著脖子說道：

「我在調查庄太凶殺案時，慢慢發現只有這個可能。庄太不是會得罪人的人……」

茂七以「這點妳應該最清楚」的眼神看著阿靜。

「接著，富士春的事浮上檯面。富士春也是庄太的老主顧，我當時恍然大悟，但只是腦子裡這樣想而已，再怎麼說，畢竟沒有證據。話又說回來，也不能押走川越屋拷問逼供。對方的身分與一般人不同，那樣做的話，萬一橫生枝節，怕會連累妳跟角太郎以及富士春，所以我才演出那齣戲。」

首先，在阿靜及川越屋周遭，散播擱下渠出現岸涯小鬼的謠言，再讓其他男人說明岸涯小鬼是死不瞑目的魚販或漁夫的化身。

「這麼說來，那時說這話的是跟頭子同夥的？」

「是啊。他演得很逼眞吧。」

其次是留下腳印。

「我看到時，那腳印眞的有蹼……」

茂七仰頭大笑：

「很像吧？其實那根本沒什麼，只要跟兩國的雜技棚子拜託，向他們借用河童腳的道具就行了。」

到了晚上，避開眾人耳目，偷偷在阿靜看得到的地方，以及川越屋附近，留下那個腳印。阿靜看到了會覺得很奇怪，以爲是庄太，但川越屋卻嚇壞了。

「接著，按照我的計畫，稍微恐嚇了他們。我讓我家小伙子假扮虛無僧（註）站在川越屋門口，煞有介事地說，東方出現因果報應的徵兆。『含冤之主浸在水中，那水也逐漸挨近老闆，如不早日供養，恐會喪命。』」

茂七皺起眉頭接著說：

「反正就是老闆膽小才會做這種事。起初我以爲要花些時間，沒想到比我預期的還快，就把川越屋夫婦引誘到擱下渠了。」

阿靜覺得很奇怪，她說：

「可是爲什麼連我也……」

「我自己設下的圈套，要是由我當場去逮他們的話，誰知道他們會怎麼辯解？所以我才讓妳親眼去看、親耳去聽，然後等著妳來我這兒報案。」

接著，茂七微微笑了起來，眼角堆聚著魚尾紋。

「唉，阿靜，妳眞勇敢，竟在那種時候抱著角太郎，單獨一個人去擱下渠。既然有這種勇氣，往後也應該可以好好過日子吧。」

原來頭子一直在關照我，阿靜內心湧起一股暖意。

「妳不用擔心。反正凶手已經抓到了，庄太肯定可以瞑目了。他絕對不是什麼岸涯小鬼。」

「可是那聲音呢？難道那也是頭子假裝的？」

擱下……這呼喊的聲音聽起來不像人聲。

茂七默不作聲地抓著下巴。阿靜頓時恍然大悟。

（是富士春老師。）

那是富士春的聲音，所以對方才叫得出阿靜的名字。

「頭子……」

茂七望向別處，喃喃自語地說：

「對了，富士春家有隻跟人很親的貓……那貓的牙齒很堅固。」

原來那咯哧聲是那隻貓弄出來的。

「擱下渠那個岸涯小鬼，對於因為一個無聊女人的意氣用事，而把你們夫妻牽連進來一事，心裡似乎真的很過意不去。」

當天傍晚，阿靜又抱著角太郎前往擱下渠。

與那晚一樣，柳樹發出竊竊私語般的聲音搖曳著。薄暮緩緩籠罩著擱下渠，籠覃著阿靜和角太郎。

不知何處傳來水激起的撲通一聲。

庄太。

註：普化宗之僧，頭戴深草笠，吹著一種名為尺八的簫，浪跡天涯以修行。

阿靜輕輕搖著臂彎裡的角太郎，對著角太郎微笑，並在心裡默默地說——

我已經不再害怕了。

柳樹又沙沙作響。從溝渠水面吹來的風，徐徐拂過阿靜和角太郎的臉龐。

第四篇　不落葉的櫧樹

1

聽到那件事時，回向院的茂七正在吃栗子飯。

「不落葉的櫧樹？」

茂七如此反問，文次一本正經地點頭。他是茂七使喚的手下之一，身材苗條得像個小姑娘，明明不會喝酒，鼻頭卻總是通紅。

今天的文次，那紅鼻子更加紅通通的，雙眉哀傷地低垂，擱在端正跪坐膝上的手，白皙得猶如女人。

「你是說松浦藩主宅邸的那棵櫧樹？」

過了本所御藏橋，是松浦豊後守的主宅，宅內有棵枝葉恣意横生牆外的櫧樹。據說這棵樹到了秋天落葉時期，連一片葉子也不會掉落，因而有「不落葉的櫧樹」之稱，被列爲本所七怪事之一。

不過仔細想想，這傳說很奇怪。因爲櫧樹在秋冬本來就不會落葉。松浦藩主宅邸的庭院裡，不止有櫧樹，還有許多其他的樹，其中也有很會掉葉子的銀杏、櫟樹、楓樹等等。宅邸四周卻不見這些掉落的枯葉，究竟是在什麼時候被打掃乾淨——這些傳言經過加油添醋，便成了現今的傳說，這才是事情的眞相吧。

話雖如此，也沒聽說有人對七怪事之一的「不落葉的櫧樹」有意見。大抵說來，過去的傳說有很多類似的故事，追根究柢去求證是不上道的，再說也沒那種閒工夫——當時的人大概都是抱著這種看法。

掌管本所一帶的捕吏茂七，當然也是這種看法。

「難道現在有人對那傳說有意見？」

茂七將吃光了的大飯碗遞給老伴兒阿里這麼問道，阿里輕輕接過，掀開飯桶蓋。

文次連連搖頭說道：

「不是有人有意見，而是出現了新的不落葉櫧樹。是石原町一家五穀批發商的小原屋，就在前些日子發生凶殺案的附近。」

茂七嘴裡嚼著栗子飯，阿里代他問：

「是那起凶殺案嗎？可是爲什麼凶殺案跟不落葉櫧樹有牽連？」

「這都要怪頭子了。」

看文次說得正經八百的，茂七和阿里互望一眼。

文次說的凶殺案發生在三天前的晚上，一個商家老闆於集會的回程中，在石元町一條沒列入地圖的小巷子裡慘遭殺害。

死者的後頸窩被人以像長針的東西刺入，僅一針就斷氣了，死者臉上露出大吃一驚的表情，而且懷裡的錢包不見了，右手握著類似細長布條的東西。他從集會返家時手持的燈籠蠟燭只燒了一半，就在屍體旁邊。

凶手尚未落網。不過茂七對本案已有一些把握，認爲再不了多久便能破案。因此他聽到文次的責難時，大吃一驚。

「你這說法很不妥。我到底怎麼了？」

文次微微低下頭去濡溼嘴唇，接著說：

「頭子，您在勘驗那屍體時，不是這樣說嗎？『眞倒霉。要是沒這麼多落葉，地上應該會留下凶手的腳印，至少可以知道凶手從哪邊來，往哪邊去。』」

茂七當時的確這樣抱怨過一番。

「我是說過。說是說了，那又怎麼了？」

「不止這樣，您不是還說『這小巷實在很不吉利。以前這兒也發生過一起凶殺案，結果凶手沒抓到，案子就結了。』嗎？」

文次說得沒錯，他的確也如此說過。

「喂，文次，我的意思是你到底想說什麼？」

「頭子可能已經忘了，小原屋屋後正是那條發生凶殺案的小巷。換句話說，屍體下面的落葉，是從小原屋後院的樹上掉落的。他們那院子很大，有松樹、銀杏等等，其中也有櫧樹，而這些樹的枝椏都伸到小巷來了，說到這裡，頭子聽懂了嗎？」

「懂了。」

「小原屋的下女有個今年十八歲的姑娘，名叫阿袖。這姑娘於前天晚上，突然說了很奇怪的話，她說：『都怪那邊的樹。因爲那些落葉才抓不到凶手，爲了避免再發生同樣的事，我來負責打掃，讓人們無論何時都看不到一片落葉。』」

阿里張大眼睛地說：

「那倒眞是個値得嘉許的姑娘。」

「小原屋的人起初根本不把阿袖的話當一回事。但是當大家在丑時三刻（註）看到阿袖拿著掃帚在外面打掃時，這才驚覺阿袖不是開玩笑，大家非常驚訝。」

茂七擱下飯碗說道：

「然後呢？接下來又怎樣了？」

「小原屋老闆夫妻和兒子千太郎，三人一起勸阻阿袖。他們說，妳這種體貼値得讚揚，但也不能在深夜做這種事。萬一妳有什麼不測，可就不得了了。」

「這話有道理。」

「尤其是千太郎，更是極力勸阻。因爲過完年，阿袖就是他的媳婦了。」

阿袖雖是下女，卻不是經由傭工介紹所進入小原屋。她本來是鄰鎭一家煮豆舖的女兒，以學習禮儀的名義到小原屋幫忙。

茂七沉吟了一聲，問道：

「說是學習禮儀，其實是試婚吧？」

正式迎娶某位姑娘進門之前，即使期間短暫，也先行同居，看對方合不合家風，並觀察對方的做事態度及脾氣，亦即先安排一段嘗試期間，這正是「試婚」。

茂七本身不贊同這種試婚。他認爲若雙方順利成親倒還好，但要是夫家以行爲如何如何爲由，拒絕親事，姑娘這方心身的創傷太大了。

「最後還是會以種種理由送人家回去吧？」

「這……這我就不清楚了。不過大家都知道小原屋夫妻對傭工管教甚嚴，而那對夫妻對阿袖卻沒發過牢騷。再說，重點是千太郎很愛阿袖，沒她根本過不下去，就算小原屋覺得煮豆舖女兒有點門不當戶不對，也沒辦法吧。」

文次嘆了一口氣，接著說：

「可是不管那個千太郎怎麼勸，阿袖就是不聽。問她爲何執意這樣，她也只是一味地哭。」

「那眞是不好辦。」

「不過她好像說『想起被殺的阿爸』什麼的，似乎有難言之隱……再說，都是落葉的錯這也不是阿袖先想到的。」

「所以說來說去最後變成是我的不對，是這樣嗎？」

「不，不是怪頭子。只是如果說了這話的頭子告訴阿袖，一定能抓到凶手，並叫她放心，順便問一下阿袖爲何執意如此，那麼小原屋也就如釋重負了。事情就是這樣。」

茂七露齒笑道：

註：深夜兩點。

「那沒問題。阿袖現在呢？昨晚也哭著說非要打掃不可嗎？」
「聽說拿她沒辦法，千太郎和幾個傭工只得陪她一起打掃。」
「那眞是辛苦他了。」
「因此這事在石元町那一帶大家都知道。就算我不來報告，也一定很快便會傳進頭子耳裡。」
茂七拍了一下膝蓋，站起身說：
「好，你跟我一道去小原屋。我去準備一下，你稍等一會兒。肚子餓不餓？栗子飯可是很好吃的。」
「頭子剛剛吃了那麼多栗子飯，春天一到，頭頂大概會長出芽來。阿文，你說是不是？」
文次並沒有笑，反而說：
「栗子飯吃再多也不會長芽啦，頭子娘。」
兩人出門後，阿里邊洗碗邊暗自想著，文次要是說話不要這麼一板一眼就更好了。

2

小原屋院子裡的樹木，果然都很高大茂盛。文次說得沒錯，的確也有不亞於松浦藩主宅邸的一些櫧樹。
茂七和文次坐在格子紙窗映出櫧樹樹影的裡屋，與小原屋一家人會面。老闆夫妻與一般感情融洽的夫妻一樣，容貌相似得說是兄妹也不爲過。兩人的臉頰豐潤得有如福神，尤其是老闆娘，炯炯的雙眼看起來相當嚴峻。

獨生子千太郎與雙親正好相反，臉上毫無贅肉，濃眉，長得一表人才，說話口吻也很爽朗，有年輕男子的模樣。茂七心想，阿袖是個幸福的姑娘。

「麻煩頭子特地跑一趟，實在很過意不去。」

千太郎端正地鞠躬，茂七揚手制止，笑著說：

「這樣恭恭敬敬的話，我反倒不好意思了。我從文次那兒聽說，似乎是我說溜嘴才引起這事，所以我想當著阿袖姑娘的面，好好解釋這回的案子。」

大抵確認過文次所說的話之後，老闆喚來阿袖。當阿袖在門口雙手貼著榻榻米，打過招呼抬起頭時，茂七暗叫了一聲。

阿袖的肌膚猶如櫻花瓣，眼眸明亮，是個美麗姑娘，與千太郎並肩而坐的話，簡直就像訂做的人偶一樣。千太郎眞有福氣，茂七替他感到高興。

「那我們……」

老闆夫妻和千太郎打算離座時，阿袖竟出乎意料堅持地說：

「不，請你們也留下來。正好趁這個機會，我想讓大家聽聽，我爲什麼會惹出這種風波。」

茂七不發一語地點著頭。

待眾人又坐定了，阿袖淡淡地開始述說。

「這本來就跟我阿爸有關。我阿爸和阿母……」

阿袖望著小原屋夫妻說道：

「老闆和老闆娘大概也知道，我不是煮豆舖的親生女兒。我是養女，生於小田原，十二歲那年，阿母病逝，留下我孤單一個人，後來村長的遠親煮豆舖夫婦收養了我。」

茂七問道：

「原來如此，妳母親過世了……那妳父親呢？我聽說，妳說妳父親慘遭殺害？」

阿袖點點頭說：

「阿爸在我十歲時，晚上在路上被強盜殺了。」

「這些我們都從煮豆舖夫妻那裡聽說了。」

千太郎體貼地插嘴，小原屋夫妻也點頭表示事情的確如此。

「他慈祥又溫和，是個好阿爸。眞的，是個好阿爸。」

阿袖彷彿咀嚼自己所說的話，停了一會兒，然後下定決心般地繼續說：

「煮豆舖女兒的那段日子，我過得很幸福。現在也是。我甚至覺得我不配這種日子。不過我片刻也不忘阿爸。爲什麼呢？因爲那個殺死阿爸的強盜到現在還沒抓到。」

茂七聽到文次倒抽一口氣的聲音。

「我忘不了，無論如何也恨難消。當時我們很窮，就算殺死阿爸，也搶不了多少錢。強盜還……」

阿袖看似強忍著淚水。

「阿爸被殺時，也是落葉的季節。躺在地上的阿爸身子底下有很多落葉，身上也是。而且當時負責調查凶手的大爺，和茂七頭子說了同樣的話，『啊，要是沒這些落葉那該多好。』」

阿袖雙手掩面。

「所以我不禁就……自從聽到茂七頭子說的話之後，我腦子裡總是浮現阿爸的事，總覺得被殺的人跟阿爸一樣……不，覺得我阿爸在那兒又被殺了一次，於是即使明知很蠢，我還是認爲，要是沒那落葉的話……」

大家都不知該說什麼，過了一會兒，阿袖重新打起精神，抬起頭說：

「阿母身體本來就不好，加上阿爸過世，她一個女人家爲了撫養我，總是操勞過度，才會病倒。所以我總覺得是阿爸殺死了阿母……啊，不是。」

阿袖驚覺後改口說：

「我認爲這等於是殺死阿爸的那個凶手殺死了阿母。」

「別再說了，我們都明白。」

小原屋老闆說完，輕拍阿袖的背。茂七開口說道：

「原來如此，我明白了。阿袖姑娘，妳不要哭。妳父親的事肯定讓妳很難受，不過妳要是一直放在心上，妳父親恐怕也無法瞑目。」

茂七環視眾人，斬釘截鐵地說：

「有關這回在那裡發生的凶殺案，回向院茂七我確實接下了，我保證一定會抓到凶手，一切交給我吧。而且不會花太久的，眞的。」

接著他以教誨的口吻對著擦拭眼淚的阿袖說：

「所以啊，阿袖姑娘，妳就別再深夜到外面打掃了，好不好？」

阿袖沉默了一會兒。在小原屋及千太郎擔心的注視下，她陷入沉思。

不久，她抬起頭說：

「頭子說的，我完全明白了。我以後再也不會在深夜到外面打掃。」

不過……阿袖轉而小聲地說：

「我想早晚還是常去打掃，讓那巷子跟七怪事中的『不落葉的櫧樹』一樣乾淨，直到抓到凶手為止。我並不是在祈求什麼，只是覺得這樣做的話，或許可以早日抓到凶手……」

對於這個要求，茂七無法拒絕。反正已經明白阿袖想盡一份力的心情，何況文次也在一旁默默對他施壓。

「好啊，然後幫我祈禱吧。」

離開小原屋走了一陣子，身後傳來急促追趕的腳步聲，回頭一看，原來是千太郎跑了過來。

「非常抱歉，有件事剛剛在家裡不好說。」

三人站在路旁挨著頭。千太郎表情嚴肅，眉頭深鎖地接著說：

「或許是我過慮了，也希望真的是我過慮，可是有件事我一直放在心上。」

是關於昨晚的事。千太郎說，他昨晚和阿袖一起打掃時，看到一個生面孔的男人。

而且那男人一直盯著阿袖。

「什麼樣的男人？」

「不像是正派人。穿著很寒酸，看上去好像三餐不繼的樣子。」

「看起來多大年紀？」

「這……」

「跟我比起來怎樣？」

千太郎一臉認眞地看著茂七說道：

「大概跟頭子差不多吧。不過他的穿著看起來很貧寒，所以或許更年輕些。只是他的眼神很銳利，讓我一直很在意。」

文次也擔憂地仰望著茂七。

「我也希望是自己過慮了。可是不知怎麼搞的，就是老惦掛著，後來甚至覺得以前好像在哪兒看過那個男人……」

像秋風悄悄吹進懷裡似的，茂七也不禁憂心起來。同樣地，千太郎似乎也感到背脊發涼，他接著說：

「那個男人也許跟凶殺案有關。阿袖這回的舉動，在這一帶已經造成轟動了，我甚至懷疑那凶手認爲阿袖是個『多管閒事的女人』，伺機加害阿袖。可是又不能隨便跟阿袖提這件事——」

茂七打斷千太郎的話，對著文次說：

「從今天開始，你要不要到小原屋當一陣子伙計？」

文次用力點頭。

3

之後數日，並無特別的動靜。

文次在小原屋做事，時時向茂七報告裡面的情況。有關文次寄身小原屋的原由，因爲和千太郎事先已經商量好，因此沒有人起疑，文次在小原屋似乎很受重視。甚至連茂七都認爲，與其讓老實認眞的文次當捕吏的手下，還不如讓他去做生意或許要來得幸福。

只是千太郎所說的「眼神銳利的男人」又出現了。

一次是清早打掃外面時，另一次是晚上關大門時，對方躲在暗處一直朝這邊窺視。

「雖然不能確定，但對方看上去好像是道上的。」文次皺起眉頭說道。

更令人不安的是，有一回文次跟蹤那個男人，卻被甩掉了。

「怎麼辦？乾脆把他抓起來嗎？」

茂七委婉地制止心急的文次：

「嗯，再觀察一陣子吧，不過千萬要看緊阿袖。」

「明白了。不是阿袖，是阿袖姑娘。」

文次自不在話下，千太郎也緊緊黏著阿袖。況且，阿袖的事已經造成轟動，幫忙打掃落葉的人增多了。

但是如此一來反倒必須更注意阿袖的周遭。茂七認爲只要盯緊阿袖，應該就沒問題，然而茂七也推測不出那時不時出現的男人到底是誰。

再說，茂七目前正爲了其他事忙得緊。

這已是將近一個月前的事了，由於將軍殿下寵愛的年輕妃子首次產下男嬰，許多人因而獲得赦免，連流放八丈島的罪犯也有人獲釋，茂七必須負責安排這些人的落腳處，並觀察他們往後的生活狀況。

茂七當然無法掌握所有獲釋者的下落，也就無法每個都照顧到。不過只要有人求助，茂七都盡其所能地幫助他們。雖然這事使得那個命案遲遲不見進展，但茂七深信這也是身爲捕吏的職責之一。

阿袖開始打掃落葉的第七天晚上，照例到茂七家露面的文次顯得悶悶不樂。眼尖的阿里問他原因，他也含糊其詞。

「阿文很怪。」阿里事後偷偷向茂七說道：「阿文是不是喜歡上誰了？」

第二天，茂七試探文次。

「喂，文次，你愛上阿袖了？」

文次嚇了一跳，然後沉默不語。過了一會兒，好不容易才開口時，眼神抑鬱得令人同情。

「頭子，我是不是愛上不該愛的人？」

「唔……嗯，應該是吧。」

「我就是這種廢物。」

「別那樣妄自菲薄。喜歡別人或愛上別人，是沒道理可講的。」
「可是阿袖姑娘還是對我說了。」
「說什麼？」
「她說：『請不要對我那麼體貼。』又說：『我是那種沒資格接受別人體貼的女人。』這話的意思，頭子，我總覺得是阿袖姑娘看穿了我的歹念，暗地警告我。」
文次說完之後有氣無力地嘆了一口氣，垂著頭，隨後又突然低聲說道：
「頭子，能不能讓我退出，叫別人代我去小原屋？」
茂七沒答應，只是輕拍文次的肩膀。
「別說這種喪氣話。職責就是職責。你再加把勁吧，我也會幫你。畢竟這事很可疑。」
那晚，茂七偷偷前往小原屋。湊巧阿袖和兩個傭工在外面打掃，也看到鋪子裡的千太郎。
拿著掃帚打掃落葉的阿袖，身材苗條，顯得有些清寂，宛如秋天的一朵野花。不斷飄落的落葉，有一片掉在她的髮髻上，彷彿相稱的髮簪。
茂七一直眺望著阿袖，阿袖則專心揮動掃帚。秋日晚風吹拂，她的雙手及臉頰白得近乎透明。
就在這時。
阿袖突然停住手，呆立原地。她俯看自己的腳，腳底宛如生根般文風不動。茂七從隱蔽處探出身子。
接著，阿袖的手反彈似地動了起來，瘋狂地揮動掃帚攏聚落葉。她忘我地掃了一陣子，待停下手時已氣喘吁吁。阿袖抬起頭來。

茂七睜大雙眼。

阿袖在哭泣，她的雙眼閃閃發光，臉頰也掛著一串發光的東西。

不久，阿袖離去後，茂七來到她方才站立的地方，打掃得乾乾淨淨的地面，只留下隱約可見的掃帚痕跡。

（我是那種沒資格接受別人體貼的女人……）

一片落葉飄落在佇立原地的茂七肩上。

4

數日後的晚上，如往常一般，阿袖同千太郎、文次，以及其他人一起打掃落葉時，茂七看著看著，突然發現有新面孔。

是個女人，比阿袖高出一個頭，是個身材柔媚的漂亮女人。

她的髮髻和濃厚的胭脂，在在顯示對方並非正派女人，卻妖豔得令人不禁看得入迷，如果四眼相對，恐怕會無法移開視線。

女人信步走近，再若無其事高舉右手提的燈籠，透過亮光看著阿袖。有時像蛇那般迅速地斜眼瞟了一下千太郎等人。

阿袖等人毫無察覺。

女人緩步走過，正當她打算離開阿袖等人時，茂七連忙追了上去，不一會兒就與女人並立，茂七說：

「看來今晚的草鞋帶沒斷。」

女人彷彿挨了茂七一拳似的，嚇了一跳。她看著茂七，明白茂七的意思後，露出猙獰的面孔，接著口出穢言並拔下髮簪，朝茂七猛撲過去。

茂七早有提防，連忙往後退，邊高聲喊叫文次，邊抓女人的手。女人嘖了一聲，拋出髮簪，轉身逃開。

這時，有個男人自櫧樹小巷暗處跑了出來，他繞到逃跑的女人前面，抓住頓時愣了一下又轉身想逃的女人的腰帶，緊緊抓住那個掙扎的女人，直至茂七和文次趕來。

「多謝啊！幫了我們大忙。」

趕過來的茂七如此說道，而文次指著對方大叫：

「你！頭子，這傢伙就是那個男人！」

儘管氣色不好，但眼神銳利得像要殺人的這個男人，緩緩轉身面向茂七，彎腰鞠躬。

「原來頭子手下已經看穿了？對不起，驚動大家了。」

果然如千太郎所說，男人年紀與茂七相仿。然而，他方才身手矯健，而且眼神也過於警覺。茂七心想，這男人的人生走的肯定都是見不得人的路。

「所以你承認最近老是在小原屋附近閒逛嗎？」

男人低聲回答「是」。

「到底爲了什麼？」

千太郎和阿袖也跑了過來。在男人還來不及開口回答時，茂七聽到阿袖在自己身後倒抽了一口氣。

男人只看著茂七，聲音沉穩地說：

「非常慚愧，你們看，我正是這種人。」

男人伸出右手，上面有兩道烏黑刺青。

「前些日子我搭乘赦免船，剛回江戶不久。」

茂七用捕繩緊緊捆住的女人正想向男人吐口水，阿袖則面無血色。

「我聽說這兒發生凶殺案，也聽說小原屋的女兒在打掃落葉。那時我有一種說不出的感覺。感覺，眞好。」

「是阿袖姑娘的事嗎？」

「是的。雖說那純屬意外，但我這雙手畢竟殺過人。當然，無論如何也不能贖罪，所以當我聽到小原屋小姐的事，心想如果我也能幫忙打掃那該有多好。」

男人難爲情地笑了起來，那是寂寥的笑容。

茂七這時突然想起一件事。

這寂寥的笑容，茂七覺得眼熟，也覺得以前似乎在哪裡見過這個男人，接著他又想起千太郎也說過同樣的話……

（不，應該不是見過，而是這個男人會讓我想起認識的某人。）

茂七目不轉睛盯著繼續淡然往下說的男人側臉。

「可是我始終沒勇氣上前搭話，只能偷偷看著，實在很不中用。」
「不過多虧你，我們才能抓到凶手。」
「是。雖是偶然，但很慶幸能幫上忙。」
男人說完之後終於抬起頭，望著千太郎和阿袖。
「我這種人老是在你們眼前晃蕩，你們一定很不高興吧。請原諒。」
阿袖眨都不眨一眼地凝視著男人。千太郎雖然還一副摸不著頭緒的樣子，卻也以天生的爽朗聲音說：
「不，或許我們應該感謝你才對。」
男人一聽，首次微微露出白皙的牙齒，接著又彎腰鞠躬，然後轉身沒入暗夜裡。
將女人拉到辦事處後，茂七又折返小原屋向阿袖等人說明。
「其實我一開始就猜是那女人下手的。」
那女人是用頭上的髮簪刺殺人，再拿走値錢的東西。她首先躲在隱蔽處或行人稀少的小巷，等待獵物。當獵物出現時，便一副難爲情地出聲喊對方：
「這位大爺，您看您看，草鞋鞋帶斷了，眞糟糕。您如果身上有手巾，能不能麻煩幫我綁一下帶子？」
當然這是做戲，斷了帶子的草鞋也是事先準備好的，只是女人長得漂亮，加上一副難爲情的樣子，大部分男人都會依她的話，撕裂手巾蹲在女人面前。她只要趁男人毫無防備時將髮簪刺進他的後頭窩，便能輕易致對方於死地。

殺了對方之後拿走錢包，換上另一雙草鞋，吹熄燈籠，離開現場——這正是女人的做案手法。

八年前，女人就因同樣手法的犯案被捕，流放孤島，她那凶殘、狡猾的手法，在捕吏之間早已人人皆知。因此看到小原屋小巷那屍體的傷口，及死者手上握的細長布條，茂七立刻懷疑是那女人幹的。何況，又湊巧是赦免船抵達江戶的時期。

「我想那女人肯定是設法潛入赦免船，逃出孤島了，所以派手下四處搜查那女人的下落。結果，阿袖姑娘，妳不是開始打掃落葉嗎？那個女犯是性情極爲乖戾的傢伙，我怕她聽到風聲，出現在阿袖姑娘身邊……或許又企圖做壞事，所以才叫文次過來。」

「原來是這樣，我還以爲是要監視那個男人。」

文次搔著頭說道。千太郎也困惑地說：

「我也以爲是那樣。這麼說來，那個從孤島回來的男人跟凶殺案毫無關係？」

「眼神不好眞是吃虧啊！」

茂七環抱手臂，悄悄瞄了身邊的阿袖一眼。阿袖仍一副茫然若失的樣子，對眾人的交談看似聽而不聞，只凝視著某處。

文次喃喃自語地說：

「上回我看到那傢伙時，他的神情令人印象深刻。」

「什麼神情？」

「集所有不幸於一身的神情。很苦悶的樣子……我們終究還是不知道那傢伙到底是什麼人……」

離開小原屋，茂七故意放慢腳步，懷著半是祈禱的心情。

而他的祈禱如願了。

這回追趕上來的是阿袖，眼裡噙著淚。

茂七溫和地說：

「謝謝妳，謝謝妳。我就知道妳一定會追上來。」

5

阿袖婚禮那晚，茂七在流洩出熱鬧宴席亮光的小原屋窗下，拍了拍男人的肩膀。

「你是勢吉先生吧？」

茂七平靜地問道。男人大吃一驚，呆立原地，茂七將手擱在他的手上。

「你不用逃。」

男人靜靜地看著茂七，不久，低聲說道：

「爲什麼知道我是勢吉？」

「這沒什麼，因爲只有這個可能。阿袖姑娘也說，你一定會來。那孩子的新娘模樣，你仔細看了嗎？」

聽茂七這樣說，勢吉睜大雙眼說：

「阿袖？……不，爲什麼我必須看小原屋家的婚禮？」

「那還用說？因爲你是阿袖的父親！」
勢吉再次凝視著茂七，只是，過了一會兒，他一副疲累地垂下頭，閉上雙眼。
「別擔心，我不會說出去。」
茂七說罷，稍微往後仰，看著勢吉。
「不愧是父女，你的臉有些地方跟阿袖姑娘很像。」
勢吉睜開眼睛，一臉很意外地望著茂七。後者哈哈笑地說：
「你們很像，儘管只是感覺而已。但是第一次見到你的那晚，總覺得好像見過你。」
「原來如此，所以你……」
「你以前在賭場捲入糾紛殺了人，被流放孤島。阿袖說你遭強盜殺害，那是說謊。」
勢吉點點頭地說：
「有人要收養她時，村長爲了阿袖的將來，編造了這樣的故事。」
「阿袖說你是個很慈祥的好父親，這也是編造的？」
勢吉陰陰地笑了笑，移開視線自言自語地說：
「那時候的我，不但賭博、喝酒，而且還將老婆做副業賺來的一丁點錢，拿去買女人尋歡作樂。」
「既然如此，我能理解阿袖會說那種謊的心情。」
茂七長長地嘆了一口氣說：
「結果煮豆舖收養了阿袖。如今她已長成漂亮又勤快的好孩子。」

勢吉默不作聲。

「長到十八歲，有幸碰上再沒比這更好的親事。夫婿那人不但沒話說，公婆也都是體貼的人，疼阿袖就像親生女兒。剩下的只是形式上的婚禮而已，小兩口早就同居了，眞的很幸福。」

像是回應茂七似的，小原屋傳出歡笑聲。

「這時，沒想到父親回來了。」茂七以單調平板的口吻低聲說道：「雖說獲得赦免，但父親是手上有烏黑刺青的人，而且是以前曾徹底折磨過母親與女兒的可憎父親……可憎，會不會說得太過分了？」

「阿袖八歲時，我因爲負債，曾打算把她賣到旅館當妓女。才八歲。會做這種事的傢伙，當然可憎吧？」

晚風咻地自佇立的兩個男人身邊吹過。

「回來的父親要是不去打聽到女兒的住處、跑來探望就好了。」

茂七慢條斯理地如此說道，勢吉求饒般地看著茂七說：

「我沒直接去找她。我在小原屋前假裝無事閒逛，一直等阿袖發現我。」

接著，勢吉打從心底露出歡欣的微笑說：

「阿袖發現了我。她還記得我。那時，光是這樣我就高興得全身顫抖。」

如痴如夢地這般喃喃自語後，勢吉壓低聲音說：

「可是阿袖認出我時，臉色蒼白得好像見到鬼……」

「你應該之前就有這種心理準備吧？」

「那當然。我知道一定會這樣。頭子，我……我眞的只想見阿袖一面，當面向她賠罪，說阿爸對不起她而已，才找到阿袖的住處來。」

「眞的嗎？」

茂七故意冷淡地回應，惹得勢吉緊張得幾乎要拉住茂七的袖子，他說：

「請你相信我！我心裡只有這個想法，我發誓是眞的。見到阿袖，跟她談談……這樣我就滿足了。我是個跟廢物一樣的傢伙，可是那廢物在孤島經歷了艱苦的生活之後，也有點改變了。稍稍恢復了正派男人的爲人父的心。」

然而，每當勢吉在小原屋附近出現，阿袖總是冷冷移開視線。

想見阿袖的勢吉，心神不寧想逃開的阿袖，就在兩人未交談半句話，彼此持續攻防之際，櫧樹小巷發生了凶殺案。

這時，阿袖找到一個可以不用直接去見勢吉，卻又能將自己的情感傳達給勢吉的方法，那正是打掃落葉的這件事。

我曾經有過很慈祥的阿爸，可是阿爸被殺了……

阿袖這樣向人說謊，讓話傳出去，然後每天藉由拿掃帚打掃落葉一事，對勢吉大喊——我已經沒有阿爸了，我阿爸已經死了……

「我有次看到阿袖姑娘用掃帚猛然打掃落葉，現在想來，那應該不是單純打掃落葉而已吧？」

茂七自言自語般問道，勢吉也喃喃地回答：

「我雖不識字，但至少會寫自己的名字——用落葉排字。」

冰冷的夜氣凍得耳鼻一陣發麻，茂七悄聲問：

「阿袖姑娘演出的那一幕，你見識一次也就夠了，爲什麼在阿袖姑娘停止打掃落葉之前，還一直在這附近晃蕩？」

「因爲阿袖拿那起凶殺案當藉口，開始做打掃落葉的怪事。我想，凶手說不定會伺機對阿袖做出不利的事。我就是擔心這一點，才想盡量陪在她身邊。」

之後，那預感果然成眞。

兩人沉默下來，側耳細聽小原屋的可賀之夜，側耳細聽阿袖的幸福。

「事情結束了。我已經滿足了。」勢吉緩緩回頭望著茂七，臉上浮現微笑，「我打算離開江戶。離阿袖遠遠的，去過自己的生活。」

「阿袖姑娘可能想見你。不，難道你不認爲，或許就連現在她也很想見你？」

茂七說完，耳邊響起阿袖對文次說過的話：「我是那種沒資格接受別人體貼的女人。」

「那孩子是個體貼的姑娘。以前再怎麼憎恨的父親，如今既然回來了，我不認爲她一直拒絕你而不感到心痛。雖然她編了那種謊言，但你不認爲阿袖姑娘其實也很痛苦嗎？」

「絕對不會。」

「是嗎？那我告訴你一件事。我啊，從阿袖口中聽到你剛剛說的那些話。」

勢吉張著嘴巴說不出話來。

「那晚，你救了那孩子，而且這回輪到你編造謊言，沒暴露半點眞相就離開了。你沒說出你是她父親，也沒責問她爲什麼編出那種謊言、冷漠地想趕你走。因此，那孩子也明白了，你已經不是以前的你，你已經改變了。」

茂七推著呆立原地的勢吉的背，將他推往小巷的方向。

「你去看看吧。聽說阿袖姑娘用落葉排字，給你寫了一封信。」

勢吉反彈似地奔了出去，久久不見回來。

「頭子。」

終於見他從小巷出來時，他聲音發顫、雙眼流淚地說：

「頭子，我是個幸福的人。」

「這話等你見到阿袖姑娘時再說吧。」

勢吉搖著頭說：

「不用了，眞的不用了，有阿袖那封信就夠了。那孩子要是肯原諒我，我單獨一個人也能活下去。」

茂七對著跨出腳步的勢吉背後喊道：

「喂，你啊，願不願意幫我做事？」

勢吉沒有回頭，卻稍微放慢腳步。

「你只要在這附近問一下『回向院茂七』，就知道我住哪裡。願意的話，什麼時候都可以。來找我吧！」

當茂七大聲說出「我等你來」時，勢吉的身影已消失在巷口了。

茂七在原地站了一會兒，然後折返小原屋，與在廚房吃宴客料理的文次回自己家。

「就這樣，我的伙計生涯也結束了？」文次唱歌般地如此自言自語，「頭子，阿袖姑娘很美吧。我從沒見過那麼美的新娘。」

第五篇　愚弄伴奏

1

阿年之所以到伯父家，是爲了尋求安慰；但伯父家中已有訪客，是阿年不認識的面孔。

對方是個年輕女子，年齡大概和阿年不相上下；胖墩墩的肩膀上有顆大頭，稀疏的眉毛和一雙眼角都有點下垂，卻不是討人喜歡的那種長相——哭喪著臉，嘴巴也合不攏。阿年突然想起雨中全身溼透了的野狗。

「伯母，那是誰？」

從微微打開一條細縫的紙門裡，仔細端詳來客後，阿年如此問道。

伯母阿里沒有立即回答，她瞟了一眼紙門，想了一下才說：

「是跟妳伯父工作有關的人……應該是這樣吧。」

「這麼年輕的女子？」

阿年大吃一驚地說。

伯父茂七是掌管本所一帶的捕吏。町內眾人都稱他「回向院茂七」。阿年對這位跟自己差不多年紀，受到伯父邀請並與伯父單獨談話，且談得那麼熱絡的年輕女子，甚感興趣。

「到底是什麼樣的姑娘呢？她應該不是幫伯父做事的手下吧？像文先生和秀先生那樣。」

阿年說的是茂七使喚的兩個手下。

阿里只是淡淡地回答「不知道」，接著給阿年倒麥茶。阿年拿起茶杯，麥茶不冷也不熱。

這時，隔壁房間姑娘的說話聲傳進阿年耳裡。

「……所以我也殺死了上州屋的阿仙。」

阿年張大雙眼望著伯母，阿里則是一臉困惑。她雖是捕吏的老婆，但不擅長對自己人「佯裝不知」。

「那個人是什麼意思？」

這回阿年乾脆稱隔壁房間的姑娘爲「那個人」。

「她說殺了人……」

「噓。」

阿里將手指豎在唇上，再輕輕將臉湊到阿年面前。

「小聲點。妳若想知道，待會兒問妳伯父好了。我不能告訴妳。」

接著，又聽到隔壁房間的姑娘說：

「阿美和阿國都不怎麼費力，一下子就死了，臉又腫又黑。」

阿年聽得毛骨悚然。隔壁房間姑娘的聲音，平板得像勉強唱著搖籃曲的下女，毫無感情可言。

阿年從未聽過年輕女子這樣說話的。

而且，說的還是凶殺案。
她望著伯母，伯母輕輕嘆了一口氣說：
「眞傷腦筋。」
「這有什麼好傷腦筋的，那姑娘是伯父捉到的凶手吧。伯母也眞辛苦，家裡竟有那種姑娘進進出出的，很可怕吧？」
「一點都不可怕，那孩子是在胡扯。」
「啊？」
「捉到的凶手怎麼可能帶到家裡來？那孩子啊……」
阿里望著紙門，側著頭接著說：
「心裡有點問題，所以才每兩個月就來找妳伯父說話……我去端湯圓給她。阿年也喜歡吃湯圓吧？妳要多吃點，幾天不見，妳好像瘦了。」
阿里起身到廚房。留在原地的阿年，又聽到隔壁房間的姑娘說：
「有時，我也想乾脆在井裡下毒，讓大家通通死掉。這樣的話，我也比較快活，夜裡也可以好好睡覺。」
這不是那種邊吃湯圓邊聊天的話題。阿年忘了自己的煩惱，心裡七上八下地悄悄打開紙門，仔細打量那位姑娘。只見她額頭和人中微微冒著汗珠，說個不停。

2

當天晚上，阿年留在茂七家吃阿里親手做的晚飯。因心裡掛記著白天那姑娘的事，她開口問茂七。伯父起初不太搭理，說「吃過飯再說」，卻因阿年糾纏不休，最後拗不過，才說明原委。

「每次都說不過阿年。」

「伯父人眞好。」

茂七爲人極爲爽快，阿年也很喜歡他這點。阿年的父親是茂七的大弟，兩人是僅差三歲的兄弟，但阿年的父親說起話來總是拐彎抹角，不禁令人詫異這對兄弟性情怎麼如此迥然不同。若阿年說：「阿爸，今天眞熱。」阿年的父親會說：「是嗎？不等太陽高一點還不知道熱不熱吧。」

關於這方面，茂七可就很直截了當、很痛快。阿年心裡覺得比起父親，自己跟伯父比較像。

「這事本來不能對妳說，只是妳既然聽到今天的一些談話，也就不能不告訴妳了，不然反倒會讓妳惦掛著。不過妳絕對不能說出去。」

茂七先如此叮囑，這才開始說。

「那孩子叫阿吉，十八歲，跟妳一樣大。她是松倉町一家澡堂的女兒，上面有兩個姊姊。兩個姊姊都長得很漂亮，都嫁了好人家，也都有孩子了。」

「那，是最小的阿吉姑娘繼承澡堂嘍？」

阿年問道，茂七繃著臉點頭說：

「澡堂夫妻倆也是這樣打算。他們說不這樣的話，阿吉恐怕找不到好丈夫。」

阿年想起阿吉那愚鈍的長相，噗哧笑了出來地說：

「說得也是，讓她招贅也許比較好。」

茂七夾了一口涼拌青菜丟到嘴裡，沉著臉說：

「別取笑人家，要不然妳也會被阿吉殺死。」

茂七這個說法很可笑，令阿年笑得更厲害。

「唉，那姑娘是胡說八道的吧？她怎麼可能眞的殺人嘛！」

「話雖如此，但就算只是嘴巴上說說，被這麼說也不好受吧。所以我才叮囑阿吉，想說那種話就到這裡來。在街上說的話，會讓人受不了的。」

茂七這麼交待她之前，阿吉總是常常到處亂講她自以爲「殺死」的姑娘的事。而那些明明還活蹦亂跳的被「殺死」的姑娘，以及她們的家人，當然會覺得心裡發毛，而且也會生氣。

「這麼說來，那個阿吉姑娘腦袋不正常？」

「講白一點的話，正是這樣。」

阿吉以前並不是這個樣子。大家都說她是個「雖然長得沒姊姊漂亮，但性情溫和而且機靈」的姑娘。據說半年前開始，不知出了什麼差錯，才變成現在這副模樣。

「她爲什麼會變得說那種話？說什麼殺死人。」

「這就不知道了。」

茂七搖頭說道。今晚他看起來沒什麼興致喝酒。阿年事後才聽阿里說，茂七每次見了阿吉之後，總會有些無精打采。

「那些被阿吉『殺死』的姑娘，是阿吉姑娘認識的人嗎？」

「其中雖然有認識的人，但並非每個都認識，也有那種只是在路上擦身而過的。」

「可是這樣的話，阿吉姑娘怎麼知道對方是誰呢？」

「阿吉會跟蹤對方，查出對方到底是誰。」

這時，阿年不禁感到背脊發涼。

「好可怕……」阿年開始覺得這可不是什麼好笑的事。「伯父為什麼任由那姑娘去呢？首先，讓阿吉姑娘單獨出門亂跑，她父母難道不擔心？太過分了。」

「怎麼可能不擔心？」茂七一副責備阿年的樣子。

阿吉的父母本來就很清楚阿吉不正常，也深知在他人眼裡，阿吉大概是個十分可怕的女孩。因而時時留神，不讓她擅自出門亂逛，然而阿吉雖說發狂了，卻非低能。她會設法瞞著家人，漫無目的地跑到外面。

「其實阿吉家人也很苦惱。有一陣子，還打算設置禁閉室把她關起來。為了這事，他們也曾經來找我商量。」

茂七與阿吉見面後，發現她的樣子的確很怪，又喜歡說危險的話，可是觀察了一會兒，茂七認為她不會真的出手傷害人。

「所以，我叮嚀阿吉，在大家面前說這種殺人的事不好，以後想說這種心裡話就到這兒來，我這個捕吏會好好當聽眾。結果，那孩子聽懂我的意思了。」

之後，阿吉偶爾會偷偷溜出來找茂七——事情就是這樣。讓她一吐積在心裡的所有歹念之後，茂七才送她回家。

「雖然這個任務不是很令人愉快，但我覺得阿吉很可憐。」

茂七口中的阿吉，令人聽來覺得胸口發悶，最後好不容易才把晚飯吃完。

阿里勸邀阿年說：

「不然今晚睡這裡好了。再說，阿年，妳應該有事找妳伯父商量吧？」

聽阿里這麼一說，阿年才想起自己的煩惱。

「也不是什麼大問題。」阿年笑道。她來這兒時，的確沮喪得全身無力，打算全盤托出。可是現在腦筋有點清醒了，心情也穩定下來，應該可以好好斟酌該怎麼說了。

茂七笑著對阿年說：

「反正妳要說的肯定又是宗吉的事吧。」

茂七說中了，阿年滿臉通紅；而想到自己臉紅耳赤，大概又會招伯父伯母笑話，更是不好意思了。

「人家阿年真的很迷戀宗吉嘛！」

阿里體貼地替阿年回答，阿年這才抬起頭來。腋下出汗了，但那並非全是今晚悶熱的關係。

「我眞的每次看起來都爲了宗吉的事心神不寧嗎？」

伯父夫妻倆彼此互看了一眼，大概是阿年問得太認眞了。

「雖然沒有心神不寧，但妳每次說的一定跟宗吉有關，這倒是眞的。妳的腦子裡就只有宗吉、宗吉吧，跟伊勢屋的大福餅一樣。」

伯父的比喻，令阿年忍不住笑了出來。伊勢屋是本所的一家糕餅舖，那裡的大福餅，好像在揉成圓形的豆沙上直接撒下麵粉，糕餅皮很薄，豆沙餡很飽滿。

「怎麼可以把我和宗吉比喻成大福餅呢！」

「我是說妳的頭是大福餅。」茂七哈哈笑道：「妳那個心愛的宗吉怎麼了嗎？」

宗吉是與阿年約好將來結爲夫妻的年輕小伙子，目前單獨住在深川猿江町一個後巷的大雜院，工作是架子工。他跟阿年是青梅竹馬，孩提時代經常一起玩得一身泥巴。

宗吉自孩提時代手就很巧，動作也很靈活，連掛在必須抬頭仰望的高空枝頭，而且是最末稍枝頭上的柿子，他都能輕而易舉地摘下來拋給阿年。

宗吉十二歲時，父親過世，他要到深川某架子工工頭家當學徒時，阿年哭得死去活來的；她看到柿子樹時哭，看著日漸沉默寡言的宗吉時也哭。現在回想起來，阿年自孩提時代就已經決定日後要當宗吉的媳婦了。

因此當宗吉學成之後，回本所與母親相依爲命時，阿年立即勾起舊夢。宗吉做的明明是粗重工作，身邊伙伴又都是一群容易激動的人，他卻一點也沒變；如風平浪靜的春日大海，他長成了神情溫和的青年。

就男人來說，宗吉算是矮個子，和阿年並立時，幾乎一樣高。他的臉也小，眼鼻雖都很小，但十分端正。不知是不是曬不黑，膚色也白皙。

「像妳這種瘋丫頭，竟然會愛上那種溫和的男人，顯然這世上眞的能保持平衡。」

阿年的母親以如此奇妙的說法讚嘆。

撮合這門親事，可說毫無阻礙或有任何不順利的地方。然而去年秋天正式說好親事之後，宗吉的母親病倒了。大概是了了一樁心事吧，只躺了五六天，毫不麻煩人便過世了。

「看來婚禮還是延期比較好。」

因此親事暫緩，直至宗吉爲母親服喪期滿。直腸直肚想的話，爲了讓對這門親事感到高興的母親安心，應該早日舉行婚禮才是；但也有人對這種事很囉唆的，而且就算延個一年半載，很快也就過去了——阿年的父母這麼勸阿年。

可是阿年覺得父母不懂女兒的心。

她很不安。萬一在這一年裡，有對手出現怎麼辦？萬一又發生其他無法舉行婚禮的事怎麼辦？想到這裡，阿年有時會輾轉難眠。

她認爲自己不會有問題，自始以來只喜歡宗吉一人，絕對不會變心。

可是宗吉呢？

他本來就是個不多話的人，無從猜出他對阿年的眞心究竟爲何，是本就決定自己的媳婦非阿年不可，還是恰如其分地訂下親事而已？如果宗吉只是認爲青梅竹馬比較不麻煩，那是很悲哀的事。

這個時候，要是出現了其他女子，那種眞的可以打動宗吉的女子時——

一這麼想，阿年就心急如焚，像是手抓不到癢，看不到的地方出現瘀青那樣，既煩躁又無力。

所以她才會吃醋吃得讓茂七伯父說「妳眞是個醋勁十足的火球」。

「什麼事？難道這回是宗吉跟漂亮女子並肩走在一起？」

茂七如此逗她，阿年噘著嘴巴回說：

「他才不會做這種花心事！」

「那我眞是有眼不識泰山。到底是什麼事？」

阿年說不出話來。該怎麼說呢……

「難道是吵架了？」阿里笑道。

「那個人，最近很怪。總覺得……好像在找什麼人。」

「找人？」

「嗯，而且是女人。他每次跟我走在一起，有時會一直盯著擦身而過的女人，這樣有好幾次了。他不是看對方的長相或髮髻的梳法，就是衣服的花樣，看得目不轉睛，所以我覺得他好像是在找人。」

阿年停頓下來，抬頭看著伯父伯母。兩人臉上浮現迥然不同的表情；茂七是抿嘴偷笑，阿里則斜眼瞪著偷笑的伯父。

先開口的是阿里。

「阿年啊，這沒什麼好擔心的。妳想太多了。」

「是嗎……」

「是啊。不然的話，就是宗吉有點近視了。」

「看女人時才會近視嗎？」

阿里在出言取笑的茂七背後使勁拍了一掌。

「喔，痛啊。女人眞可怕。」

那晚，茂七勸阿年務必留下來過夜。

「我有點公務，現在要出門一趟。阿里一個人在家大概會覺得不安，這個時候妳單獨一個人回去也很危險。今晚就睡這兒，懂嗎？」

因宗吉的事被茂七取笑而鬧彆扭的阿年，故意與伯父唱反調。

「哎呀伯父，阿年的話，就算成群結隊的陰魂挨近也不會有事，說這話的到底是誰啊？」

茂七沒笑，反而像怕別人聽到似地壓低聲音說：

「妳有時也要乖乖聽我的話。妳應該也知道那個『砍臉』的事吧？」

阿年一時想不起是什麼事，望著一本正經的茂七，然後「啊」地笑出來。

「我當然知道，可是那個事件不是發生在這一帶吧？再說，本所深川這一帶有伯父在，伯父不會讓那種事發生吧？」

「我是不打算讓那種事發生……」

茂七說的「砍臉」最近轟動整個江戶。每逢滿月前後的晚上，有人專挑年輕女子，用剃刀砍女子的臉。

「這事還是小心點比較好，何況最近月亮也相當圓了。」

聽茂七這樣說，阿年伸頭仰望格子紙窗外的天空。細長雞蛋般的月亮，大得看似近在眼前。阿年暗忖，月亮好像也在瞧著自己。

雖然阿年強調這裡離家很近，不會有問題，但最後還是決定在伯父家過夜。反正也可以跟阿里好好聊些有關女人吃醋的事。

3

經過阿里的安慰，阿年雖然打起了精神，不料不久之後，事情竟開始朝更糟糕的方向進展。

阿年頻頻前往宗吉獨居的後巷大雜院，幫他打掃、洗衣、煮飯、汲水，等候他回來。大雜院的鄰居，也視阿年爲宗吉的媳婦，不說長道短。

有一天，阿年也在家等到宗吉回來了；他說客戶因上梁儀式請客喝酒，回到家時，晝長的夏夜早已昏黑了。

阿年急忙迎了出去，接著她察覺了一件事。

宗吉身上有白粉香味。

那味道和阿年的不同，而且很濃，似乎是上等貨。阿年用鼻子嗅了嗅，冷不防一把推開宗吉。此時，阿年腦海裡浮現某個臉頰豐潤的女人，邊梳攏垂落的頭髮，邊推著宗吉的背送他出門。

阿年不顧羞恥，放聲大哭。宗吉一陣莫名其妙。

「怎麼了？」

阿年抽噎著大喊：
「那白粉味到底是什麼？」
宗吉大吃一驚。他扯著胸口的短外褂湊近鼻子，然後老實得近乎愚蠢地說：「哎呀，這下慘了。」
阿年拔腿跑到外面，鬆開圍裙，揉成一團丟給宗吉，丟下一句：「我不想活了！」
她說完便轉身跑開，坐在地上的宗吉大喊著「阿年！」
阿年回家後，一直關在自己房裡，不停哭泣。偶爾抬頭傾耳細聽有無宗吉追過來的動靜。
阿年家是生意興隆的小飯館，客人進進出出的，總是人聲嘈雜。可是無論再如何傾耳細聽，終究聽不出其中有宗吉的腳步聲。
那晚阿年睡不著，眞有如醋勁要燒起來那般。
她想宗吉沒追過來，如果那是不小心沾上的，宗吉應該會追上來解釋。他若不想讓我難過，應該會拚命解釋，可是他沒這麼做，難道他一點都不在乎我？
想到這裡，嘴角馬上積滿了從臉頰滑落的鹹鹹眼淚。
翌日，阿年不吃早飯也不吃中飯，始終躺在床上。母親擔憂地過來探問，阿年只是搪塞地趕走母親。
她等不及了。再等下去，宗吉大概也不會來找我，還是自己主動找宗吉說開——阿年起身時，太陽已西斜。
阿年汗流浹背，髮髻也歪了。她想，原來這就是醋勁大發的模樣。

她不知道宗吉目前在哪裡工作。到工頭家問，工頭一定會反問她，這樣一來會讓宗吉丟臉，看來只能在家等他回來。阿年雙腳往深川走去。

阿年來到了豎川橋。她垂著頭往前走，耳邊傳來嘎噠嘎噠聲，抬頭一看，叫賣消暑藥草的小販挑著扁擔從阿年身邊走過。他沒出聲叫賣，只是挑著扁擔經過，大概是沒東西可賣了。

說起來今天確實很熱，阿年像想起來似地抬手擦拭額頭上的汗珠。

然後，她看到那姑娘。

阿年因心事重重而沒留意四周，當她發覺已來到小名木川橋橋畔時，嚇了一跳。沒想到醋勁可以讓人一口氣走這麼遠。

那姑娘——叫什麼來著——對了，是阿吉，澡堂的繼承人。

阿吉站在小名木川橋上，手肘擱在欄杆上，眺望著河面。

阿年緩緩走上橋，打算從阿吉身後走過，卻聽到阿吉不知喃喃地說些什麼。

看來阿吉在茂七家傾倒得還不夠，連在外頭這種地方，她也把腦子裡胡思亂想的事說出來。阿年湊近阿吉，想聽清楚她在喃喃些什麼。

「……每個人都這樣。以爲我聽不懂而瞧不起我，其實我——」

阿吉說到這裡突然回過頭來，阿年像被針扎到似地嚇了一跳。

「妳好。」

雖然很可笑，但阿年只想得到這句話，也就脫口而出了。

阿吉凝視著阿年，一雙小眼睛猶如被嚇著的小動物般滴溜溜轉動，還不時伸出舌尖濡溼嘴唇，身上還有一股汗酸味。

「妳聽過愚弄伴奏嗎？」

阿吉突然開口說道。阿年沒聽清楚，反問：

「啊？什麼？」

「愚弄伴奏。」阿吉重複說了一次，「是那些傢伙在伴奏，吵得令人受不了，可是我真的聽到了。」

阿年心想，雖然阿吉說得讓人一頭霧水，但是她要是沒聽到，應該不會覺得吵，只是眼前還是不要理她比較好。

「想騙我是不可能的。我都聽到了。我知道他們都瞧不起我。」

阿吉如此說道。她很生氣，可是惹她生氣的人似乎不在這裡。阿吉的憤怒，就像小孩子抱怨下雨，聽起來很幼稚。

一陣晚風從河畔吹了過來，阿年心想，啊，好舒服。領口的地方頓感清爽。

「我得走了。」

其實沒必要跟阿吉說，但阿年還是小聲說了，這才邁開腳步。阿吉依舊面向著河站在原地說：

「愚弄伴奏。」

看在生氣的阿吉眼裡，晚霞似乎也氣得逐漸擴散。她像是對著晚霞說地拉高聲音：

「男人都是愚弄伴奏。」

阿年暗吃一驚，停下腳步，悄悄只轉過頭去，阿吉仍一副若無其事地站在原地。

「我通通知道。」她再度說道。

阿年想了一下，總不能任由她站在這裡，還是帶她回家吧。雖說離太陽下山還有一段時間，但要是將這種女孩置之不理，又於心不忍。

何況阿年突然爲這可憐的姑娘心軟了。

阿吉完全發狂了，這點阿年也很清楚。可是她爲何變成這樣，伯父茂七並沒有說明，或許伯父也不知道，而阿吉也沒說吧。

但是此刻的她卻說出「男人都是愚弄伴奏」，這話令阿年覺得似乎看到阿吉遭到背叛的靈魂。

「愚弄伴奏」是本所七怪事之一。於深夜突然醒來時，不知何處會傳來祭典的伴奏聲，聲音忽遠忽近，卻怎麼也聽不出是從哪傳來的。

之後，早上起來一探問，才知道根本沒有人家於深夜彈奏祭典樂，這是傳說的內容。

聽到阿吉那句「男人都是愚弄伴奏」時，阿年心想，嘲弄人似的愉快祭典伴奏聲，跟猜不出其想法的戀人一樣。

阿吉或許也曾爲了戀人吃過苦頭。

（大概是相隔兩地的單相思。）

可是一樣是痛苦的感情。

阿年覺得這點跟自己相似得近乎悲哀。

阿年挨近阿吉，手擱在欄杆上，與阿吉並立。阿吉猶如看著滾到腳邊的石頭般地看著阿年。

「要不要聊一聊愚弄伴奏的事？」

阿年對阿吉笑道，阿吉卻別過臉，接著聲音尖銳地說：
「妳不也是愚弄伴奏嗎？」

4

之後，阿吉便不再開口，阿年也默不作聲地與她並肩探看河面水流。自她們身後經過的人，大概會以爲是兩個交情很好的姑娘，各自陷於沉思。

水流的顏色逐漸灰暗，看似很涼快。抬頭仰望，天空也染上淡墨般的顏色，而映照那顏色的水流益發暗沉了。

晚霞已升至高空，變成天女唰地拂動衣袖般的雲。往來行人也驟然減少了。

阿年突然想起今晚是滿月。

（砍臉……）

月亮像切成薄片的白蘿蔔，浮在黃昏朦朧的天空。不行不行，伯父叮囑過千萬要小心，手上又沒燈籠，不趕快回家不行。

自己究竟爲什麼竟然過了豎川橋來到這兒，阿年邊如此想著，邊拉一下阿吉的袖子。

「阿吉，回家吧。太晚回去，大家會擔心。」

阿吉文風不動。阿年耐心再三勸說，好不容易才讓阿吉看著自己時，橋上已完全暗了下來。

「走，我們回家吧。」

阿年帶著微笑想牽起阿吉的手。

就在這時——

響起一陣細細的咻咻聲；聲音來自背後。那聲音在黑暗中聽來，像是紙製的蛇在匍匐前進。

那是衣服的摩擦聲。有個男人挨近阿年身後，待阿年察覺回過頭時，阿吉發出類似「喝」的叫聲。

阿年感到有人粗暴地抓住自己的肩膀，那人正在扳著她要她回頭。她看到金屬亮光一閃，如細長銀色的魚在水中跳躍那般。阿年發出慘叫。

阿吉轉過健壯的身子猛撲過來。她沒逃開。她將阿年撞到一旁，整個人撲向男人。

「都是愚弄伴奏，我通通知道！」

阿吉如此大喊。一屁股跌在地上的男人，手中握著鋒利的剃刀，目瞪口呆地仰望著阿吉。

這時，傳來一陣哨子聲。阿年頭昏眼花，雙手蒙住臉。

「阿年、阿吉！妳們有沒有受傷？」

是茂七的聲音；是那以爲再也聽不到的聲音。阿年抓著跑過來的伯父的手掙扎地想站起來。

茂七並非單獨一個人。有三個男人——雖然都是阿年不認識的面孔，但一定是茂七的年輕手下。他們正用捕繩層層捆住拿剃刀襲擊阿年的男人。

「眞是個倒霉的傢伙。偏偏選中阿年小姐，想砍小姐的臉。」

「砍臉？」

阿年不禁捂著雙頰。

「到底怎麼回事？伯父。這就是那個砍臉的傢伙？」

茂七在坐在地上的阿年身邊蹲跪下來。阿吉則一顆心飛到遠方似的，對任何人都視而不見、聽而不聞地眺望橋的另一端。

茂七轉身看著阿年，拉著她的手起來。

「是的。這傢伙實在是造孽。」

茂七俯視著被捕繩捆綁的男人。

「這混蛋傢伙是半年前開始幹這種事。最初的做案地點是麻布。」

掉落剃刀的這個男人，清瘦的下巴緊貼著單薄的胸膛縮成一團。

「可是第二次滿月時，做案地點在四谷，接著是駿河台。他逐漸往東移。這段期間，因爲遇害的姑娘大喊大叫，他也曾失手，但將那地點也算進去，整個串連起來的話，路線非常明顯。」

眞的是，說他老實的確也眞老實。

阿年探看男人那雙小眼睛。那是雙顏色很淡，目光游移不定的眼睛。阿年心想，這男人可能跟阿吉一樣，而且跟阿吉瘋得有理的情況類似，這男人也許自有他的道理。

想到這裡，反倒覺得更可怕。

「結果上次滿月時，他終於越過大川，在兩國砍了一個人。這樣一來，我就猜測他在下回滿月時，肯定會到本所深川這一帶，所以在這附近埋伏。只是怕說出去會引起不安，才一直瞞著。」

「這傢伙果眞厚著臉皮出現了。可是即使逃過了其他捕吏的追捕，也逃不過我們頭子。」

年輕手下張合著鼻翼說道。阿年總算讓胸口的怦動平靜了下來。

這時，阿年看到有個女人孤零零地站在離眾人不遠的地方，她用手巾蒙住臉，只露出塗上鮮紅胭脂的嘴唇，以及直挺的鼻子。她雙唇含住手巾一端。

阿年覺得這女人有點面熟。女人穿著上等衣服。也許是新訂做的。淡紅色花樣，與白皙的臉非常相稱。

可是她的肩膀又看似結實，脖子好像也有點粗——沒錯，以女人來說確實如此。

茂七隨著阿年的視線，供認惡作劇般地說：

「爲了誘捕這砍臉的傢伙，必須有個囮子。可是啊，阿年，我們不能眞的去找年輕的姑娘，話又說回來，我那些手下，讓他們假扮女人的話，只會令人噁心，所以最後決定拜託那小子了。讓他穿上女人的衣服，再化個妝，就足以冒充年輕女子了。而且那小子又是個動作敏捷、身輕如燕的男子，一旦有危險，也能保護自己。因此在月亮漸圓的這段時間，我每晚帶著他到處晃。」

茂七爲難地搔著頭接著說：

「眞的很抱歉。我聽到妳醋勁大發時，覺得很對不起妳。每次都在心裡向妳合掌。」

茂七嘴裡雖這麼說，臉上卻掛著笑容。

「而那小子也眞是老實到家了。他說光外形像不行，舉止也要像個年輕女子……才會目不轉睛觀察擦身而過的姑娘。阿年，妳就原諒他吧。」

那「女人」在瞠目結舌的阿年面前，鬆開含在嘴裡的手巾。

「阿年，對不起。」宗吉說道：「我這個模樣……」

難怪他身上會有白粉味——阿年昏厥了過去。

5

阿年回過神時，發現自己在茂七家的裡屋。她仰望著有漏水痕跡的天花板時，眼前出現了阿里的臉。

「啊，太好了。妳醒來了。」

阿年抬起身子，第一句就問：「宗吉呢？」

阿里笑了出來。

「他跟我老伴兒一起到辦事處。再說，他若不換衣服並洗去臉上的白粉，恐怕沒臉回來吧？」

阿年聽了總算冷靜下來。這麼說來，小名木川橋上的事，不是做夢了。

「阿吉呢？」

「那孩子跟往常一樣。」

不久，茂七回來了，身邊跟著宗吉。

「你們兩人自己談談。」茂七說得爽快，接著露出堅固的牙齒笑道：

「我不會打攪你們。反正已經抓到那個砍臉的傢伙，不用怕走夜路了。」

宗吉默默望著阿年。阿年笑著對茂七說：

「我想知道一件事。」

「什麼事？」茂七回答。

「那個砍臉的男人爲什麼要那樣做？」

「因爲女人嫌他長得醜，把他甩了。」宗吉答道。

宗吉一臉認眞、悠悠地接著說：

「眞可憐，腦袋因此失常，變得極爲憎恨女人。阿年啊，男人要是被甩了，也是很恐怖的。」

茂七夫婦哈哈大笑，就在阿年手足無措時，宗吉也笑了起來。阿年也跟著展顏微笑，然後擰了一下宗吉的手肘。

「不止這個。」

等大家笑聲停歇，阿年繼續說：

「阿吉的事我也不清楚。阿吉問我：『聽過愚弄伴奏嗎？』又說：『妳不也是愚弄伴奏。』她從砍臉男人手上救了我時，也說了同樣的話……那到底是什麼意思？」

茂七說在悶熱的晚上喝這個最好了，他正喝著剛煮好的熱麥茶；流著汗，皺著眉頭。然而等他開始說明時，表情變得更嚴肅。

「阿吉這孩子，以前是個再正常不過的姑娘；或許這反而害了她。她會變成那樣，是因爲親事吹了。」

根據阿吉父母的說法，最初這門親事看似很好。對方是日本橋通町一家五穀批發商的嗣子，長得一表人才。阿吉對他迷戀得昏頭轉向，對方也看中阿吉那活潑開朗的性子，親事談得很順利。後來親事半路吹了，因爲對方突然陷入戀愛。當然戀愛對象不是阿吉。

「非常對不起。」男子雙手貼在榻榻米說道：

「早知道會如此，應該早點說清楚比較好。我最初就有點不滿意阿吉姑娘。怎麼說呢……我認爲阿吉姑娘長得不漂亮……」

「太過分了。那男人眞可惡。」

阿年先罵了對方一頓，繼而想起自己也曾說過：「阿吉若不招贅，恐怕沒人肯娶她吧。」

阿年深感慚愧，避開茂七的視線。

「當時，阿吉的親事已經眾所皆知，這種中途告吹，等於是遭人丟了一身泥巴。」

茂七搖搖頭接著說：

「就算沒這件事，阿吉自孩提時代以來，別人老是拿她跟兩個姊姊比，本來就是個很寂寞的姑娘。那男人的話大概令她受不了……就是從那之後開始的，她整個人就像齒輪逐漸無法咬合似的。她深信大家都指著她的臉嘲笑她。然後，她暗自決定，要殺死那些嘲笑她的人……」

「不過她只是在心裡殺人，用嘴巴一個個殺死對方。」

阿年想起阿吉那肥胖的側臉。

「她沒有眞的動手傷害人吧？」

宗吉如此問道，茂七用力點了點頭說：

「所以我認爲阿吉總有一天會恢復正常，因爲那表示她沒有失去原本具有的愛心。」

「她還記得當時救我的事嗎？」

阿里一副「可以說出來吧」的表情望著茂七，然後她說：

「當時啊……阿吉好像以爲那個砍臉的男人不是要砍阿年的臉，而是要砍她，所以才會那麼做。聽說她在辦事處也是這樣說的。是吧？老伴。」

大家都指著我的臉嘲笑，他們不要這張醜臉，所以要砍我的臉。

阿年閉上雙眼。

愚弄伴奏——深夜醒來時，不知從哪裡傳來熱鬧的祭典笛音鼓聲，雖然不知是誰在何處伴奏，但確實會聽到，而且聲音忽遠忽近。

阿吉把愚弄伴奏聽成了是嘲笑她的聲音。

「妳不也是愚弄伴奏？」

她在自己那發狂的腦袋裡，逢人就這麼亂說，可是對著阿年這樣說時，卻一語中的得令人感到悲哀。因爲阿年也曾躲在紙門後嘲笑阿吉。

「對不起。」阿年喃喃自語，按住了雙眼。

她覺得耳朵深處，好像隱約聽到了笛音鼓聲。

第六篇　洗腳宅邸

1

繼母很美。

自第一次見面以來，美代就迷上新來的母親了。白皙脖子、苗條的身影；鮮紅小嘴，令人覺得那唇僅是爲了塗上胭脂而生。柔軟的雙手，在綴縫色彩鮮豔的窄袖服時，或在客堂插花，也會令人覺得，那僅是爲了接觸這世上所有美麗的東西而生。

阿母怎麼那麼漂亮？美代心裡老是有這個疑惑。

美代的生母，早在美代懂事之前就過世了。美代連她的長相都忘了，不過偶爾聽到舖子裡的那些傭工提起時，美代知道，雖然生母性情非常溫柔，卻似乎不怎麼漂亮。

「我阿母跟現在的阿母哪個比較漂亮？」

美代若這樣問，舖子裡的人會先想一下，然後回答：「前任老闆娘當然也很漂亮。沒辦法比較呢。」可是，在他們都同樣「想一下」的這個舉動裡，美代看到了事實。

大人有不好直接說出來的事時，爲了要修飾隱藏，總是會先「想一下」。

「我將來能不能像現在的阿母那樣漂亮呢?」

美代如此問時,這回大家會湊過來說:

「那還用說,小姐將來一定很漂亮。」

在那不假思索的回答裡,美代又看到另外一個事實。

當大人不想傷小孩的心而加以哄騙時,總會很快回答,給人一種說話不經大腦的印象。

美代照著小鏡子、照著水窪、從旅所橋上俯視橫十間川河面,怎麼看都覺得那映照出來的平凡圓臉、有點下垂的眉毛、小眼睛及皺巴巴的嘴唇,皆遺傳自父親長兵衛的五官。

(畢竟我跟現在的阿母沒有血緣關係嘛。)

美代小手貼在雙頰嘆著氣。

(唉!爲什麼我的皮膚不像現在的阿母那樣白?爲什麼我沒有尖下巴?爲什麼我沒有那種美得像裝飾品的澄澈眼睛?)

這時,繼母的手會溫柔地撫摩著邊這樣想邊照著小鏡子的美代的頭。

「唉!又在照鏡子了。別那麼擔心,等美代長大了,肯定是町內的第一美女。」

美代仰頭望著繼母報以微笑。只要是從繼母嘴巴裡說出來的,連謊言也很美。

美代生長的大野屋,是家雅致的小飯館,位於龜戶天神附近。料理當然是一流的,加上地點好,捧場的常客很多。每逢神社裡梅花、藤花、胡枝子盛開的季節,飯館內便會聚集想對酌賞花的舖子老闆,生意非常好。而飯館職工則忙得一整天都抽不出時間好好吃一頓飯。

「這不是該感恩嗎？」美代的父親、大野屋老闆長兵衛說道：「我們不能想自己是在人家享樂時不得不工作，而是應該想成是人家讓我們有工作。正因爲天下太平，而神社裡的花也每年盛開，我們的飯館才能維持下去。」

長兵衛是那種對萬事都說「該感恩」的人。下雨時，該感恩，晴天時，也該感恩，連美代撞到爐灶，頭上起了個大腫包時，他也這樣說：

「只是起了腫包而已，太好了。應該這麼想，只是小難而不是大難，這不是該感恩嗎？」

大野屋舖子門面雖小，卻是著名的飯館。起初是長兵衛的父親，靠著一把菜刀和烹飪手藝創下的飯館。他父親無論舖子聲譽再好，再如何客滿，也不打算擴大規模。形體擴大了，一定會在某處出現漏洞。若將舖子擴大到老闆視線無法遍及各個角落的規模，有朝一日肯定會因那個漏洞，讓舖子縮小至比剛開張時還小的規模——這是長兵衛父親的信念。

然而諷刺的是，手藝那麼好的父親的獨生子長兵衛，卻欠缺身爲廚師的手藝。他受過父親的嚴厲訓練，也到各處飯館廚房學習，最後知道自己並非繼承家業的料時，還決心離家出走。

但是被父親阻止了，他教誨長兵衛：

「你就當大野屋的耳目，當大野屋的舌頭。」

父親培育了兩個足以將大野屋廚房委託他們的好廚師，而長兵衛的職責就是使喚他們，製造能讓他們充分發揮手藝的「門面」。

長兵衛堅守父親的教誨，一路這麼掌管大野屋。前年春天，也在神田多町開了一家小分店，更開始經營外賣，每逢兩國河納涼解禁時，爲了應付想在煙火船吃大野屋料理的客人訂單，舖子裡總是忙得不可開交，連仰望夜空的時間都沒有。

除了兩家鋪子，長兵衛也擁有幾處大雜院。大雜院平日交由管理員負責，但如何安排那邊的收入，則是長兵衛一個人的事。大野屋廚房能放心地在材料上下工夫、挑選器皿、特選美酒，都是因爲有這種其他收入的緣故，所以長兵衛時常向鋪子裡的人說：

「這是該感恩的事。」

而這長兵衛，只有一件事無法微笑著說「該感恩」，那就是美代生母的病逝。

據說，最初只是染上風邪。那時，美代剛斷奶，已經可以交給下女照顧，長兵衛心想，那正好讓美代生母好好躺著休養兩、三天，應該就會恢復健康。他眞的沒想到事情會變得那麼嚴重。

結果妻子沒幾天就過世了，這是七年前的事。

急急忙忙趕來的町內的醫生，下了爲時已晚的診斷，說「可能是心臟太弱了」，根本無可挽救。

唯獨這件事，長兵衛再如何絞盡腦汁也無法找出「該感恩」的地方。若有人問起，他雖回答「大概本就壽命已盡吧。沒受太多痛苦便過世了，這是該感恩的」，但看在一旁的鋪子傭工眼裡，可以看得出說這話時的長兵衛，雙眼像長久擱在陰暗處的水桶內的水，既沉滯又混濁。

在那之後，長兵衛沒再續弦，專心做生意，傾注心力疼惜撫育美代；他不但不喝酒，腳尖也從未朝吉原妓院城走去。他引以爲樂的是偶爾帶美代逛祭典夜市，或每天早上拋投小米粒餵餵飛到院子的麻雀，馴服牠們而已。

而這樣的長兵衛竟然戀愛了，他陷入大概連對過世的老闆娘也從未有過的戀情。

對方正是現在的老闆娘，美代的繼母阿靜。

阿靜今年二十四，年齡和長兵衛相差一輪以上，而身世背景也交待不清。她本來在龜戶天神神社裡的茶館做事，長兵衛對她一見鍾情。這是半年前的事。

最初，鋪子裡的人對長兵衛這段遲來的春天感到不妙。倒不是說在茶館做事的女人不好，其中當然也有沉穩體貼的女人。可是要迎進大野屋當老闆娘的話，總要找個門當戶對的女人。

「大抵說來，無親無故的單身女人不太好。」

皺起眉頭說這話的是下女總管阿勝。她三十出頭，也是未嫁的獨身之人，領了一間坐南朝北的小房間，掌管所有家務。連長兵衛在她面前都抬不起頭。

「獨身的人啊，雖然我自己也是，大都自由慣了。可是要當這兒的老闆娘，必須管束這麼多下人，有時要軟硬兼施，有時要斥罵又要褒獎，讓一個長久以來習慣只處理自己身邊瑣事的人來做這種使喚人的苦差事，我反對。」

美代曾聽過阿勝噘著嘴如此說道。

對美代來說，阿勝也是個可怕的人。所以美代心想，既然阿勝姨娘那樣說，阿爸就算再怎麼喜歡那個叫阿靜的人，大概也無法迎進家門。

然而長兵衛卻是認眞的，沒有草草就放棄了。

他託了合適的人向阿靜提親，得知阿靜的心也和自己一樣時欣喜若狂。他對阿靜發誓，無論任何困難也要克服，一定會迎娶阿靜進大野屋，又向鋪子裡的人說，自己下定決心要談成這門親事。

「不願意阿靜當老闆娘的人，老實跟我說，我可以讓你們辭職，當然也會幫你們介紹新工作，也會給津貼。總之，我不能讓不滿意阿靜的人繼續待在大野屋。」

對這樣的宣言，舖子裡的人和美代都大吃一驚。因爲除了有關大野屋的經營問題，大家都是第一次看到長兵衛如此堅持己見，說什麼也要如願的模樣。

「老來才出的痲疹，通常病狀都很嚴重。」

阿勝甚至悶悶不樂地這樣說過。

話雖如此，但既然老闆都那樣說了，也沒辦法——起初懷著這種心情的舖子傭工，在第一次見到隨長兵衛來大野屋的阿靜時，竟像擱在陽光下的糖果那般，態度軟化了許多，不，甚至有人就此融化了。

美代也是其中之一。

阿靜很美，而且很溫柔。當她露出有點害羞的笑容時，像個少女般純眞，很惹人憐。不僅如此，舉止也沉著端莊，而且聲音甜美又溫和，卻不輕率。雖然打扮簡樸，但腰帶和衣服都很整齊，布襪看似不是新的，腳底卻很潔白。

「老闆會迷上她，嗯，這也難怪。」

廚房裡出現這種風評，頓時整個舖子熱鬧了起來，一變而成準備迎接新老闆娘的氣氛。美代也興高采烈。

而阿勝此時也板著臉，一個人忙著把柴薪丟進爐灶，最後連自家人的事前慶賀喜酒也不肯喝。美代對此覺得很可笑。

雖然沒有舉行盛大的婚禮，但在自家人慶祝的婚禮時，來了個名叫伊三次的男人，說是阿靜唯一的親人。據說是阿靜的表弟，是個園藝師傅；身材修長，長相也不錯，年齡比阿靜小一點，卻很懂世故，十分圓滑，他慶幸阿靜找到幸福，向長兵衛彎腰鞠躬，喝了喜酒之後，滿面通紅地離去。

「我總覺得看不順眼。」阿勝對他也有批評，「哪有園藝師傅的手那麼乾淨的？」

只要跟阿靜有關的事，阿勝都不滿意。一定是在吃醋，美代恍然大悟。

阿靜很快習慣了大野屋。無論家裡的事，或舖子的事，她很快就領會了，快得令人吃驚，凡事過目不忘。她也會到廚房親自煮飯、煮味噌湯，幫長兵衛縫新衣，並與他一起疼愛院子的麻雀，到了晚上哄美代睡覺，早上叫醒美代。

從小失去母愛的美代，一切彷彿在做夢，每次在阿靜身旁就好像踏在五彩雲端。

「我就是看不順眼。」

事到如今，阿勝還這麼說，於是美代決定不跟她說話。在背後說我新阿母壞話的人，怎麼可以原諒？我最喜歡新阿母，這世上最喜歡她了。

不知是否察覺了美代的這個心思，阿靜非常疼愛美代，猶如親生母女。他們一起洗澡，一起吃同一盤子的菜，有時也會蓋同一條被子，興致勃勃地跟美代講悄悄話直至深夜。連長兵衛詫異著兩人到底在做什麼，躲在紙門後偷窺時，阿靜也只是快活地說：「今晚我跟美代一起睡。」然後像個小姑娘似地咯咯笑。

美代心想，原來這世上竟有這麼快樂的生活，有時甚至會擰一下自己的臉頰。她只有在照著鏡子，再度認清自己的容貌跟阿靜完全不像時，才會陷入像是悲哀又像是寂寞的心情……

然而，這種日子開始蒙上了小小的陰影。美代察覺此事時，正值天神境內的梅花綻放之際。

2

深夜——

必須早起的大野屋，半夜裡大夥兒都睡得很沉，連清嗓子的聲音都沒有。住宿傭工雖有十人左右，但似乎沒有鼾聲過大或會磨牙的人，夜裡總是平平穩穩，鴉雀無聲地過去。

可是立春剛過的那天半夜，在如常的寂靜中，突然傳來女人的慘叫。發出一聲又一聲的尖叫，幾乎要扯破喉嚨的人顯然是阿靜。

美代嚇得跳了起來，卻因為太害怕，有一會兒連動也不敢動；她呼吸困難、雙手顫抖。

阿母——阿母發生了什麼事？

聽到在走廊上奔跑的腳步聲，美代好不容易才鼓起勇氣爬出被褥，打開紙門衝出去，阿勝正好隻手舉著蠟燭，在走廊大踏步往這邊靠近。

「小姐，回被窩去。」

阿勝冷冷丟下這句話，將美代推回房裡，緊緊關上紙門。美代鼓著雙頰，再度來到走廊。可是這回也遭到一名下女的阻止，根本無法接近雙親的房間，只斷斷續續聽到阿靜細微的聲音，和長兵衛的說話聲。

不久，阿勝舉著冒油煙的蠟燭回來了。透過黑煙，她的表情顯得十分僵硬。

「老闆娘說她做夢了。」阿勝簡潔地說道：「做了噩夢，所以不禁叫了出來，不用擔心。」

「什麼夢？」
令阿母那麼害怕的到底是什麼夢？要怎麼樣才能趕走那惡夢？美代心想。
「不知道。」阿勝答道：「先別管這個，小姐不快點睡不行。這個時間還睜著眼，小心看到怪東西。看，就在那裡。」
阿勝如此恐嚇，美代趕忙跳進被窩裡。眞是壞心眼。
翌日，美代偷偷看著一早就忙個不停的阿靜，逮住機會扯著繼母的袖子。
「怎麼了？」
阿靜和平素沒兩樣，今天也很美——穿著美代暗自認爲最適合阿母的紅染衣服。只是臉色好像有點蒼白。
美代問她昨晚的夢——到底是什麼讓阿母那麼害怕？
「唉！」阿靜蹲下身子，雙手擱在美代肩上說道：「原來美代這麼擔心。對不起。」
「沒什麼。我喜歡阿母嘛。」
美代話一出口便脹紅了臉。
阿靜微笑地凝望著美代一會兒，然後說「謝謝」。美代感到耳根子一陣熱。
「阿母做的夢很可怕嗎？是夢見鬼嗎？還是有人在追阿母？」
阿靜搖搖頭說道：
「不是，不是那種夢。不是夢見可怕的東西。只是……」
阿靜的眼神像是探看著深淵。

「會想起以前的事。夢裡，我回到以前那非常窮、老是挨餓的時候。」
「阿母有過那種時候？」
「有。美代大概不知道那種滋味，不知道比較好。與其要嚐那種滋味，還不如死掉比較好呢！」
阿靜摸了一下美代的臉頰說「不要擔心了」，然後走出起居室。屋裡留下好聞的香味，因爲阿靜在袖口裡放了香囊。
詳細告訴美代有關阿靜的夢的是父親長兵衛。
雖然阿靜那樣說，但美代很想知道繼母以前的艱苦。阿母到底吃過怎樣的苦頭呢？明明是那麼漂亮又體貼的人。
美代對繼母那份深深的關懷，似乎感動了長兵衛。他瞇著眼，摸著下巴，如此告訴美代——阿靜生於板橋，是宿場町盡頭一家小焊接舖的女兒，上面有五個兄弟姊妹，日子勉強能糊口；連米、味噌、醬油都無法一次買足，總是買當天的份，暫且度日——這是阿靜當時的生活。
「妳現在的阿母，在比妳還小的時候就到處去做事了。有時撿柴，有時幫人打掃落葉，幫人汲水，只要是小孩子能做的，她都做了。可是最有錢賺的，聽說是旅館的打雜丫頭。」
說是打雜，年幼小孩能做的事畢竟有限。阿靜負責的是每有旅客投宿旅館，就捧來盛水木盆，清洗旅客那沾滿泥巴塵土的雙腳。
「板橋那一帶有很多住宿旅館。人來人往，旅館裡住了許多旅客。妳阿母每天都要洗那些旅客的腳。洗了十個人，才有晚飯吃，洗了二十個人，隔天才可以繼續在旅館工作。因爲不想餓肚子，只爲了不想餓肚子，阿靜總是蹲在冰冷的脫鞋處，每天幫人家洗腳。」

阿靜現在偶爾還會夢見當時的情景。無論洗了多少，沾滿泥巴的骯髒雙腳依舊會在眼前伸出來。即使又餓又冷、身子很難受，仍不得不捧來盛熱水的木盆，幫旅客洗腳。丟下木盆拔腿逃跑時，身後會傳來許多追趕的腳步聲。

洗——洗——洗——腳步聲如此高喊著。

「好可怕的夢。」

美代打了個哆嗦說道。阿母眞是個可憐的人。

「阿爸不會讓妳受那種苦。」長兵衛溫和地說道，輕輕拍著女兒那小小的手背。「妳放心，阿爸絕不會讓妳跟阿靜過那種要擔憂明天生活的日子。」

聽了父親的話，美代稍微放下心來。

那晚，晚飯過後，美代悄悄挨近阿靜，喚了聲「阿母」。

「我有話要告訴妳。」

阿靜跟著美代來到美代起居的小房間。房間一角有阿靜幫美代縫製的漂亮布球。美代點亮座燈，膝上抱著布球，壓低聲音說：

「阿母的夢，我聽阿爸說了。」

阿靜皺起細眉，難堪地笑著說：

「唉！太丟臉了。」

「一點都不丟臉。我終於明白阿母是很了不起的人。吃了很多苦頭。不像我，什麼都不用做……」

阿靜又笑了，接著說：

「能不吃苦的話，比較好呢！美代沒必要去想這種事。」

美代握住繼母的手說：

「很久以前，阿勝曾經告訴我……」

提到阿勝，溫和的繼母表情微微沉了下來。這兩人的個性大概不合。美代趕緊接著說：「她說本所有七怪事，阿母，妳知道嗎？」

擱下渠、單邊蘆葉、不落葉的櫧樹——

「其中有一個是〈洗腳宅邸〉。」

故事是——每當有人睡在某宅邸的榻榻米房間，深夜會有雙骯髒大腳踢破天花板而來，命令那人「洗，洗」。如果仔細洗乾淨，可以降福，否則就會大禍臨頭。

「阿母，阿母小時候洗了很多髒腳吧？仔細幫他們洗得很乾淨吧？所以會帶來很多福氣，以後應該會有很多好事。下次再夢見洗腳的夢時，這樣想就好了。想成這是幸福要來的預兆。」

阿靜微微睜大雙眼，接著破顏一笑。

「美代眞是……」

繼母別過臉，避開座燈的亮光，悄悄用袖口按住臉。美代覺得那姿態眞美。

之後，有一段日子，阿靜不再爲夢所苦。美代感到很得意，自己說的話，或許有點見效了。

然而，隨之而來的是美代察覺了一件怪事。

不知是不是得自生母，美代身子有點弱，白天通常一個人玩。除了學古箏，或聽從阿勝的吩咐幫忙家事之外，她大抵都窩在裡屋。有時練習阿靜教她的針線活兒，有時則有樣學樣地插插花。

裡屋有院子，隔著經常修剪的籬笆，可以望見那條窄巷。

有個女孩單獨站在窄巷裡，狀似窺視大野屋的住屋。

她身上穿著洗白的衣服，綁著薄腰帶，臉上脂粉未施，是個不起眼的女孩。看上去像是人家的下女，可是下女不可能在白天站在巷子，百看不厭地望著人家的住屋。

自從美代發現那個女孩不時注意她之後，她就不再大剌剌地出現。有時她會偷偷躲在籬笆下。美代有時會看到籬笆外有東西閃著亮光，心想那是什麼，挨近一看，原來是躲在該處的女孩的髮簪——令美代嚇了一跳。

這時，每當美代挨近，那女孩便慌忙逃走。

她爲什麼那樣躲著？是在偷看家裡的——某人嗎？

美代接連幾日都在想這件事，也向大人提起，但只有阿靜感興趣。

阿靜甚至有時會在裡屋陪美代等那女孩出現。

「有點恐怖。」她一本正經地說：「不知道她有什麼企圖？」

不過每當阿靜和美代一起，那女孩就不會出現。阿靜等了幾次，因總是無法看到那女孩，於是這樣說道：

「會不會是美代多心了？」

「沒有，絕對沒有。我眞的看到了。」

這麼說來，難道那女孩是針對我而來……

這事很奇怪。以前從沒見過那女孩，再說，有事找我的話，一開始開口搭話不就好了？

如果下次再來，一定要抓住她問問，美代這麼下定決心。

但是美代也無法老惦著這件事。因爲那天，也是在深夜，換長兵衛發生不尋常的事。

3

美代聽到阿靜的喊叫聲時，以爲阿母又做了惡夢。可是傾耳細聽，才知道阿靜喊的是：「老闆他……老闆他！」

美代跳起來衝到走廊，差點撞上撩起下襬飛奔過來的阿勝。

這一回，美代依舊無法靠近雙親的房間，只能等到早上才得知事情的詳細經過。

告訴美代詳情的是阿勝。她表情鄭重，眼角刻著深深的皺紋，在大鍋前煮開水，眼神看似透過水蒸氣窺視著一方。

「聽說是半夜突然喘不過氣來。」

「阿爸？」

美代感到害怕。她那已記不得長相的生母，也是因心臟不好而過世。難道阿爸也會和生母一樣？

「小姐，妳別害怕。老闆沒事的，他昨晚馬上就好了。」

「那爲什麼不讓我去見阿爸？」

「老闆娘啊。」阿勝皺起眉頭，「她說不能讓妳受到驚嚇，才不讓妳過去。那時老闆的臉色的確很蒼白。」

阿勝又嘟囔了幾句，美代沒聽清楚。

「妳說什麼？」

「沒什麼。」

阿勝將美代趕出廚房，美代依舊無法釋懷，孤零零地一個人。

爲了小心起見，當天午後，找來經常就診的町內醫生給長兵衛看病。醫生說沒什麼好擔心的，眾人才鬆了一口氣，一直守候在長兵衛身旁的阿靜，也總算離開房間去找美代。

「嚇了一大跳吧？對不起。」

經過阿靜溫柔的安慰、摟抱，美代才安下心來。阿靜帶美代到寢室，看到坐在被褥上撐起上半身喝粥的長兵衛時，美代有點想哭。

「沒什麼，大概有點累了。」長兵衛摸著美代的頭笑道：「不要緊的。別哭，別哭。」

美代抹了抹臉，仰望著父親的圓臉。不知是否多心了，父親看起來有些蒼老。

「阿爸也做了惡夢嗎？所以才喘不過氣來？」

「不知道。總之就是呼吸很困難，才醒過來。」

「那時老闆的表情好像被人勒住脖子似的。」阿靜的肩膀微微打個哆嗦，小聲補了一句：「太可怕了。那是不是鬼壓床那類的？」

「也許是吧。」長兵衛歪著頭說道：「也許是最近太忙，疏忽了拜佛龕。雖然每天早上都燒香拜拜，但缺乏誠心的話，再怎麼拜也沒用。是因爲這樣才受到懲罰的嗎？」

此刻看來，父親似乎已完全恢復元氣，不僅如此，還說了令人雀躍的話。

「並不是發生這種事我才這樣說，今年我們去參拜以前就一直想去的伊勢神宮吧？井草屋夫妻邀我說哪天結伴一起去。這雖是一生一次的大事，反正已迎娶了阿靜，美代也已經懂事，就下定決心去吧，如何？」

若能讓阿爸變得如此溫和，偶爾稍微——稍微生點病也是好事。美代邊這麼想邊回自己房間。因爲昨晚沒睡好，眼皮越來越沉重，這要是被阿勝發現了，可能會挨罵，不過美代此刻想躺下來休息一會兒。

美代打開紙門，跨進充滿陽光的房間時，她又發現那女孩站在籬笆外。

而且，又是定睛凝望自己。她微微歪著頭，直直望著美代的眼睛，沒移開視線。

美代不假思索開口問道：

「妳是誰？」

女孩沒回答，眨都不眨一眼。

美代走到窄廊。女孩文風不動，既不逃開，也不靠近，只是定睛望著美代，像個活人偶。

美代深深吸了一口氣，當場大喊：

「阿母！快來！」

美代再三這樣大喊時，女孩依舊文風不動，那模樣令美代覺得她似乎在等待什麼。

不久，走廊傳來凌亂的腳步聲，有人以撕碎紙片的勁道打開紙門，第一個衝進來的是阿勝，接著是邊喊著美代邊跑進來的阿靜。

美代一邊回頭一邊靜靜地指著籬笆外。

「看，不是我多心吧！」

她走近阿靜身邊，挽著她的手，又低聲地說：

「問她什麼話都不回答，就只是不出聲地站在那裡。」

阿勝向前跨步，大手插在腰上，像斥責美代那般地說：

「喂，妳有事找我們大野屋嗎？」

女孩沉默不語，緊閉的雙唇薄如柳葉。

而且，女孩此刻只看著一個人——阿靜。

美代察覺之後，偷偷仰望著繼母。自方才起，阿靜一直沒反握美代的手，令美代有點不安。

阿靜定定地望著女孩，一動也不動像石頭似的。面無表情的兩個活人偶，隔著籬笆和院子相對而立，彼此無聲交談……

「老闆娘，怎麼了？」

阿靜有如被潑了水似的，大吃一驚，這才回過神來。

「哎呀！」她緊緊握住美代的手，微微笑了一下，「嚇我一跳，真不知那姑娘有什麼事呢！」

阿勝瞪著阿靜，突然回過頭對著籬笆外的女孩大吼：

「喂，姑娘，有事的話快說，沒事的話快快走開。再磨蹭下去，小心我灑妳鹽巴。」

這時，女孩臉上首次有了表情。她緩緩眨眨眼，抬起尖下巴對著阿勝，一個字一個字地說：

「再過不久，不幸，一定降臨。」

接著她在房裡的三個人還來不及意會便轉身跑開了。

不幸，一定降臨。

美代察覺阿靜握著自己的手非常冰冷，而且在顫抖。

4

之後，美代的日子過得宛如籠中鳥。

「好可怕，那姑娘。不知道她會對美代設下什麼陷阱。」

阿靜極爲害怕地這樣說，片刻也不讓美代落單。白天不讓美代離開自己的視線，晚上則讓美代睡在一旁。美代住的裡屋，猶如鬧鬼的房間，始終緊閉。

阿勝也同樣愁眉不展。那女孩丟下的不吉利話語，似乎令她那隱藏於健壯身子深處，平素不會隨意動搖的靈魂發出了不愉快的顫動。阿勝老是留意美代的房間，更不講理地說，那姑娘要是再出現，絕對把她抓到辦事處。

然而，這種日子持續了幾天之後，美代覺得快窒息了；連上個廁所都不能單獨去，美代感到非常拘束。

何況，之後女孩始終沒再出現。可能不是什麼大不了的事，只是腦筋有點失常的女孩湊巧出現在院子罷了，美代逐漸覺得事情並不嚴重。

可是阿靜似乎不這麼想，連長兵衛的勸她也不聽。那天之後，她幾次一早就出門，說要去找聽說很靈的算命仙。她每次都到了傍晚才回來，不是說鴛鴦衣櫃要換個方位，就是說佛龕最好換個大一點的，這令長兵衛擔憂，也令阿勝吹鬍子瞪眼睛的。

然後就在美代三人看到那可疑女孩的第十天，長兵衛再度於半夜痛苦不堪地呻吟。

睡在阿靜一旁的美代，被她喊叫阿勝的聲音吵醒，美代看到面無血色、手按著脖子、每吸一口氣就咳得厲害的父親時，打從心底嚇得全身發抖。

阿靜也打著哆嗦，自枕邊水壺倒了一杯水，服侍長兵衛喝下。因阿靜全身顫抖得厲害，水壺裡的水比美代睡前所看到的少了許多，而長兵衛枕邊及榻榻米上則是溼答答的。

（不幸，一定降臨。）

美代耳裡響起女孩說的那句話。

阿勝認爲或許睡榻的安放位置不好，翌日起，長兵衛和阿靜改睡其他房間。阿靜雖大聲堅持讓美代也睡同一個房間，但是阿勝反對。

「這樣的話，萬一老闆又不舒服，會讓小姐又受到驚嚇。」

既然這樣的話，美代很想回自己房間；她不覺得可怕，畢竟是住慣了的房間。她向阿勝提出這個要求。

「如果那姑娘又出現了，一定要馬上大聲喊叫老闆娘或我，知道嗎？」

阿勝叮囑過後，才允許美代回自己房間。

阿靜看似很不安，美代爲了讓繼母安心，說盡好話並約定一定會遵照阿勝的囑咐。

「再說阿母光爲了阿爸的事，已經很辛苦了，最好不要把事情想得那麼嚴重。我已經不怕了。再說又不是會出現鬼魂或陰魂那一種的，只是個女人嘛。」

但是就在如此笑著保證的當天晚上，美代正要關上木板滑門時，又發現那女孩站在籬笆外。

女孩再度說道：

「不幸，一定降臨。」

美代大聲喊叫家人的同時，籬笆外的女孩也逃走了。宛如有妖怪在身後追趕似的，女孩頭也不回地快步跑開。因事出突然，美代根本沒時間害怕或多想，她赤著腳跳下院子，越過籬笆追趕那女孩。

美代追到龜戶天神後方的森林時跟丟了，她氣得直跺腳，大罵那女孩：

「畜牲！」

因爲大聲叫了出來，彷彿連勇氣也跟著吐了出來似的，美代突然覺得有點不安。她拖著一雙赤腳，在寒氣裡縮著身子，幾乎要哭出來了。

大野屋的方向，有幾盞燈籠搖曳著亮光，也有說話聲。大家在尋找那女孩，也在尋找美代。

啊，太好了，美代加快腳步，不料草叢裡突然伸出手一把抓住美代。

「噓，不要出聲。」那人低聲說道。是個聲音聽起來和長兵衛差不多年紀的男人。「乖孩子，暫時不要出聲。耳朵注意聽，要注意聽。」

那人用手蒙住美代的嘴，讓她無法出聲。美代莫名其妙地眨巴著眼睛。不久，美代總算理解男人說「要注意聽」的意思。

附近有說話聲。

有兩個人；是女人，其中一個是──

（是阿母。）

阿靜的聲音顯得低沉，那是美代至今從未聽過的聲調。

「妳到底要多少？」

美代簡直無法置信，阿靜竟會這樣粗聲粗氣。難道是阿勝開玩笑假扮阿母？

「妳帶多少來？」

這麼回答的──雖不確定，但應該是那女孩的聲音。

就是留下那句「不幸，一定降臨」的那個聲音。

「動作快點呀。妳們舖子的人在找妳和小姐，要是讓他們發現，對妳不是很不利嗎？」

「可是用這種惹人注意又危險的方法的，難道不是妳嗎？」阿靜責備般地愈說愈火，「應該更偷偷摸摸……」

女孩嘲笑地說：

「偷偷摸摸叫妳出來的話，萬一被那個伊三次殺死，划不來嘛。這樣引起驚動，反而比較安全。」

阿靜似乎在袖口裡摸索著什麼。

「現在只有這些……」

聽那個動靜，那女孩似乎搶過阿靜遞出來的東西。

「只有二十兩？算了，總比沒有好。」

女孩笑著說道。阿靜咬牙切齒地說：

「妳真的不會把我的事說出去？」

「只要妳守信的話。」

「我一定守信。妳要多少錢，我都給妳。反正我也不打算在大野屋久待。」

不打算久待？美代有點懷疑自己是不是聽錯了。

「再過不久，我就可以得到要多少就有多少的錢，到時候，我就不用再忍受那種生活了。」

那個女孩壓低聲音說：

「什麼時候動手？」

「再過幾天。」阿靜答道。

「用什麼方法？跟上次殺死美濃屋老闆一樣的手法嗎？」

「是啊，很簡單。只要用濡溼的紙貼在臉上就行了……」

阿靜如此回答時，摟住美代的男人站起身來，別處的草叢也發出沙沙聲，兩個眼神銳利的男人倏地在黑暗中起身。

「喂，阿靜，妳讓我們聽到好事了。」

摟著美代的男人聲音嘶啞地說道。他臉上雖然掛著笑容，眼睛卻在冒火，他接著說：

「別露出那種不知所措的表情。忘了先報上名子，我是回向院茂七，負責本所深川這一帶，替幕府做事。」

回向院茂七，美代從未聽過這名字。

「喂，阿靜，妳別太貪心。妳專挑年齡差一大把的小財主，嫁過去當續弦，把人殺了，成爲無依無靠的寡婦，再找來事先說是表弟的伊三次，侵呑人家的家產，然後失蹤。這種手法，一次就嫌多了。川崎的大黑屋、品川的美濃屋，妳連續兩次都得手，算是非常走運，爲什麼不就此罷手？嗯？」

美代眼前的阿靜，像染上月光般，臉色逐漸蒼白。

「這個阿新啊，」茂七指著那女孩說道：「快要餓死時，美濃屋老闆收養了她，直到今天。美濃屋老闆突然那樣死了，她完全不能接受，一直懷疑是妳幹的。她的這種心情，可說老天有眼看到了。她因爲送貨湊巧從品川過橋來到龜戶，聽說大野屋這家小飯館很有名，在舖子前探了一下，結果看到連做夢也不會忘的妳在舖子裡眉開眼笑的。這大概就是所謂天可憐見吧，阿靜。」

阿靜沒有回答，甚至看似沒在呼吸。美代受不了地大叫：

「阿母！」

阿靜緩緩轉過頭來，一雙黑眸看清楚是美代後，毫無血色的臉孔猙獰地說：

「我才不是妳的什麼阿母！」

當美代緩緩跌坐在地上時，阿靜也宛若有人在身後拉線似地仰躺在地上。

「對不起，其實應該更早告訴老闆，只是沒有確實的證據。」在大野屋的起居室，對著臉色蒼白的長兵衛，及摟在阿勝懷中的美代，茂七向大家如此說明：「那姑娘，阿新到我那裡時，我沒有馬上相信她的話。不仔細調查，根本無法動手。而且也有可能是阿新在鑽牛角尖。」

可是派人到品川、川崎調查之後，這兩家舖子的老闆都死得很可疑，進到這兩家舖子當老闆續弦的女人，容貌和身材都很相似；名字雖不同，有個表弟這點卻一樣。

「如果是大舖子，老闆莫名奇妙過世了，會引起驚動。可是像大野屋這種規模的舖子，老闆其實很有錢，正是最適當的冤大頭。大黑屋和美濃屋的規模都差不多。」

「我睡覺時會喘不過氣來，」長兵衛摸著喉頭，呻吟般地說道：「原來是因爲臉上貼著濡溼的紙。」

茂七表情苦惱地說：

「是的。只要重複幾次，最後再壓住濡溼的紙直到斷氣，應該沒有人會懷疑是他殺的吧？大家會認爲『啊，老闆最近老是這樣，大概是心臟不好……』」

應該是吧。其實眞的有人像美代的生母那樣，因心臟不好而過世。

「她每次出門說要去找算命仙，大概是跟伊三次見面，商討細節。」

連口頭禪「該感恩」也說不出來的長兵衛如此嘆道。茂七搔著後腦點頭說：

「聽說他們甚至還討論要侵呑多少大野屋擁有的地皮。」

「話雖如此，阿靜爲什麼會做出……不，眞正的名字應該不是阿靜，她叫什麼名字？」
「我不想聽。」美代說道。
茂七頭子有點爲難地摸摸鼻尖，然後雙手揣在袖口裡，探出身子，看著美代說：
「唉，美代啊，有些大人偶爾會做出這種事。其實也可以不讓妳知道阿靜的事，可是，這樣一來，反而會讓妳更難受，因爲妳很喜歡阿靜。」
美代的臉頰滑落鹹鹹的眼淚。
「阿靜是個對妳跟妳阿爸撒了很多謊的女人，妳就忘掉她吧。世上還有很多好人。碰到阿靜只是湊巧倒楣而已。」
美代哭了一會兒，好不容易才出聲說：
「頭子。」
「什麼事？」
「你幫我問問阿母……問問阿靜，就說我很想知道，那個夢……她做的那個惡夢是眞的嗎？」
數日之後，回向院茂七帶來阿靜的回答。
「她說是眞的。」
長兵衛心不在焉地低頭看著擱在膝上的雙手，美代將手擱在父親手上，頭子對他們說：
「她說，她總覺得小時候在板橋那一帶住宿旅館長大的不好回憶，老在身後追趕她似的。就算她不想再做這種事，覺得錢已經夠多了，但只要夢見不斷在洗髒腳，就會很想要錢，很怕自己又變得貧窮。」

洗——洗——洗——

恐嚇般的洪亮聲音，以及踢破天花板而來的腳。

阿靜——阿母，妳是個可憐的人，美代心想。不過妳卻用妳自己的髒腳踐踏我跟阿爸的心，有誰會幫妳洗妳那雙髒腳呢？

「忘了她吧。」茂七再度說道。

廚房傳來阿勝斥責年輕下女的響亮聲。聽到聲音的美代抬眼一看，發現長兵衛也在聽阿勝的喝斥——

「快呀，把那蘿蔔洗乾淨！」

阿勝大吼著。長兵衛和美代許久不曾這樣四目相望，彼此偷偷笑了一下。

第七篇　不滅的掛燈

1

阿由打從一開始就很在意那位客人。

是個怪男人；穿著很闊氣，卻又不像使喚下人賺錢的商家老闆。因爲他跟一般整天在外辛勤勞動的男人一樣，臉和手都曬得很黑。

容貌不錯；臉形雖有點方，但下巴長得倒還滿合阿由的胃口。可是無奈年齡太大了。嗯——大約跟阿爸差不了多少。對方在停下筷子偶爾側過臉時，阿由更沒漏看他髮鬢上那顯眼的白髮。

阿由的父親若還在世，今年四十五。對今年才二十歲的阿由來說，四十五歲的男人，老得近乎像個神。對方再如何以郎似有意的表情凝望著阿由，阿由也不覺得高興。

阿由認爲，挑男人必須挑身體強壯而且年輕，要不然，結爲夫妻生了小孩之後，丈夫驟然死去的話，可就一籌莫展了。

阿由也認爲男人必須勤奮工作。如果不是不辭辛勞工作的男人，阿由無意嫁人。賭博的男人，就算對方威脅要殺阿由，阿由也不會接受；好色的不行；懦弱的也不行，懦弱的男人最差勁。

阿由的阿爸很懦弱；有人邀他，或有人拜託他，只要對方口氣強硬地逼迫，任何事他都無法拒絕。因此他不但玩女人，也賭博，而且更不會做生意。

（妳阿爸很溫和，像個菩薩。）

父親因時疫突然過世時，大雜院鄰居的木匠老婆，噙著淚這樣說過。阿由雖沒說出口，卻在心裡呸了一聲。

阿爸是個像菩薩溫和的人，所以才會迫不及待成了菩薩。這不是很好嗎？這種人，除了當菩薩之外，對家人一點都派不上用場。

也因此，阿由看男人的眼光非常嚴苛，不會輕易動心。阿由認爲自己像座城牆，想要觸及自己，就必須越過既深且冷的護城河。

櫻屋的客人都是在江戶忙碌勞動的男人，偶爾有人會對阿由說些好聽的話，有次，甚至有個客人不嫌煩地遞給阿由一封情書，實在很可笑。對方自稱是日本橋通町一家菸草舖的伙計，小眼睛、長鼻子，記得好像長得一副老實樣。

（我不識字。）

阿由當時向對方這樣說時，對方連耳朵都紅了，然後逐漸面無血色。在阿由看來，對方並非爲了阿由面紅耳赤，而是爲自己竟看上不識字的女人感到羞恥。

男人，都是一個樣。

午飯時刻的櫻屋，客人多到阿由及老闆夫妻三人都應付不來。即使如此，老闆仍不打算添僱新人，是老闆太吝嗇？還是生性不輕易相信人？這點阿由不得而知。海參般毫無抓頭的老闆夫妻倆，連笑聲都罕得聽聞，甚至數錢時，表情也像在撿比父母先過世的孩子骨灰那般陰沉。而且夫妻倆時常異口同聲地喃喃自語：活在這世上，完全沒好事。

阿由也是這麼想的；活在這世上，一點好事都沒有。只是晚上睡覺早上醒來，一天又開始了，工作之後肚子會餓，所以才吃飯，然後再繼續工作，累了想睡覺便去睡。如此一再反覆，只是如此而已。

阿由連身上穿的衣物都是從舊衣舖買來的。雖然並非沒錢訂做新衣，但她懶得應付客人說長道短的。她也從未插髮簪，不過因是吃食生意，所以髮髻還是結得整整齊齊。而且老闆夫妻對這種事也很囉唆。仔細想想，由於老闆夫妻過於囉唆，所以可能是除了阿由，沒人肯待下去。

不過也因爲如此，阿由才能單獨佔用舖子最裡邊那間朝北的三蓆房。雖然白天照不到太陽，寒冬時，即使窩在房裡，也經常冷得呼氣都要結凍似的，但這裡確實是阿由的城堡。

獨自養活自己，堅持活著，阿由早就下了這樣的決心。男人根本不可靠。當然偶爾也會有在阿由的嚴苛眼光看來，像是可靠的男人，只是這種男人壓根兒不把阿由放在眼裡。因爲生活處境迥然不同，生長環境也不同，對這種男人來說，阿由大概如同雨後水窪上的水黽。他們或許會不經意地瞧見，然後詫異著在那種地方究竟要怎麼活？但絕不會像對鈴蟲或蟋蟀那般，裝在籠子帶回家，欣賞鳴聲。

話又說回來，那位客人幹麻這樣目不轉睛盯著人看？一屁股坐在像破梯子的簡陋樓角落，啃著鹹蘿蔔尾，還盯著這邊看。

那男人到底是怎麼了？

從那位客人到「那男人」的這種轉變，在阿由心裡已經許久不曾有過了。眼前一對客人起身離座，阿由一雙粗壯的手收拾碗碟。當她將碗碟浸在水桶時，裡邊那個賣藥的高呼要茶水，阿由傾倒大水壺倒茶水。雖是連批發商大概也賺不了多少錢的廉價粗茶，但櫻屋只對茶水不會小裡小氣。既然是配合那些靠雙手雙腳工作的男人，提供比較鹹的飯菜，那麼這一點兒體貼也是理所當然的。

阿由擱下水壺，抬起頭來，發現那男人又在看著自己。兩人視線交會時，那男人甚至露出笑容，嘴角出現兩道深深的皺紋，眼角也跟著下垂。男人笑時，表情有點狡猾。人在發笑或發呆時，會露出本性。阿由覺得那男人是個令人不快的傢伙，於是決定連看都不再看那個方向。

過了一會兒，阿由用眼角瞟了一眼那男人，男人已經不在了。老闆皺著眉頭收拾那男人的碗碟。待人潮高峰告一個段落時，阿由問老闆，老闆說那男人擱下一枚小金子。

「他還說，不用找錢。」老闆說道：「這一定是不祥之兆。讓那種客人盯上可就麻煩了。」

「爲什麼？」阿由皺起眉頭問道。她並非爲男人講話，但飯錢就是飯錢，多收一點不是很好嗎？她認爲對方應該只是出手大方而已。

結果，老闆回答：

「因爲不尋常。再怎麼說，我們這兒的飯菜根本不值一枚小金子。那客人盯上我們這兒的什麼非賣品了。」

不出數日，阿由便明白老闆說中了。

2

那男人名叫小平次，四十三歲。據他自稱，以前是當鋪伙計，當鋪老闆也曾想招他入贅，他卻因血氣方剛，迷上私娼女人，挪用鋪子的錢，老闆知道後將他趕出鋪子。

「之後，嗯，做過各種工作才活到今天。」

最後那句話可能是眞的，其他肯定都是信口開河。小平次所說的「各種工作」，一定也包括會坐牢的那種事。

櫻屋老闆娘低聲對阿由說，他那曬得黑頭黑臉的魁梧身材，看來多半是剛從勞改營出來的。阿由也嗯了一聲表示同意。看來，老闆娘臉上的皺紋可沒有白長。

事情發生在石町的報時鐘即將敲打五刻（註）鐘時。對必須早起的櫻屋這三個人來說，正是準備就寢的時刻。小平次在後門叩叩地敲門。

他周到地提著酒來，但老闆夫妻並沒有因此就輕易地讓他進來。老闆手中甚至握著頂門棍，小平次卻浮出前面提及的那種笑容，說他想找的不是老闆夫妻，而是站在一旁的阿由姑娘，而且還向大吃一驚的阿由及老闆夫妻說，這是大家都有賺頭的事，此時小平次前腳已經跨進廚房。

註：下午八點。

在只有一丁點大的榻榻米房內，小平次看起來格外顯得儀表堂堂。不管多少有些臭味或煙味熏人或會弄髒格子紙窗，老闆夫妻終年都燒魚油照明，挨著肩坐在一起的四個人，活像是正在燻製的鯡魚。

老闆夫妻倆沒打開小平次提來的酒，也沒端出任何吃的東西。小平次毫不介意，娓娓道出來意。

「本所元町回向院一旁，有家布襪舖市毛屋。」

他端端正正跪坐著說道。阿由定定瞧著他那往前突出的粗壯膝蓋，心想，這是粗工的腳。

「老闆名叫喜兵衛，老闆娘叫阿松。兩人曾有個獨生女，名叫阿鈴。」

櫻屋的這三個人默默無語，一副像在聆聽破戒和尚說法似的。

「這阿鈴，至今剛好是十年前，下落不明，直到現在。當時是十歲，要是還活著，算算正好跟阿由姑娘同齡。」

那又怎樣？阿由瞪了小平次一眼。

「是被妖怪、神明抓走了嗎？」老闆問道。

「不，不是那種的。你們應該也知道吧，就是永代橋崩落那時，阿鈴當時在橋上。」

文化四年（一八〇七），富岡八幡宮祭典時，因人潮過多，致使橋崩落，一千五百餘人沉入河裡往生了。小平次說的是此事。

「那年祭典，據說是父親那邊的親戚帶著阿鈴去的。喜兵衛因有個不得不參加的集會，而阿松那時又臥病在床。聽說阿鈴的阿母身體本來就很虛弱。」

小平次還知道得眞詳細。他摸著方方的下巴，因飄過來的魚油煙而瞇起眼睛。

「不過阿鈴的屍體最後還是沒浮上來。這沒什麼，因爲不僅阿鈴這樣而已。同時死了那麼多連名字都不知道的人，這大概是史無前例吧。」

「不是還有振袖火災（註）？」老闆娘搬出無關緊要的話題。小平次抓抓下巴。

「嗯，可是那是久遠得我們都無法想像的事吧。」

「說得也是。」

阿由猜不出他究竟要說什麼，開始感到急躁。

所以那又怎樣？永代橋崩落死了很多人，的確值得同情，但人本來就不是今天還活著，所以明天也一定能活著，任何人都無法預知這種事。該死的時候，大家都該死啊！

永代橋崩落時，阿由正好十歲，剛好和那個叫阿鈴的女孩同齡，但阿由沒有肯帶她去看祭典的親人。她當時過的日子，是每晚到附近的小酒館，攙著酩酊大醉的父親回到沒有火也沒有食物的潮溼大雜院。

那時候阿由偶爾會這樣想，要是把阿爸推進附近的河裡再回家，不知有多痛快。如果不能推進河裡，光把他的臉塞進水溝也好。睡死了的父親，就算不滿一寸的水窪，大概也可以把他淹死。反正阿爸時常跟阿由抱怨，阿爸很痛苦，因爲痛苦才喝酒，所以阿由當時認眞想過，或許讓他死才是孝順。

註：發生於一六五七年的火災。

他沒死成，只是運氣不好而已。阿由打算今晚那麼做時，湊巧更夫路過，吵醒了阿爸；有時才把他踢進水溝，他就大喊痛啊地站起來——是個無論如何痛苦也硬要活在這塵世的父親。

後來，父親因酗酒傷身，時常臥病不起。鄰居婦人是個熱忱的人，常來探望父親的病情，阿由也就無法輕易動手了。就這樣，阿由一直照顧阿爸直至十五歲。

因永代橋崩落而死，那又怎樣？既然是布襪舖的小姐，只要生前過得很幸福，不也就夠了嗎？如果是掉進糞坑，那還稍微值得同情，十歲孩子從那麼高的橋掉進河裡，應該是渾然不知就死了吧。總不至於抱怨，因爲生於本所，所以想溺死在豎川吧。

或許阿由心裡的這種想法顯露於外，小平次望著她覺得有趣地笑了笑，他溫和地說：

「唉！別那樣一副無聊地噘著嘴。」

老闆彷彿有什麼東西飛進鼻孔，「哼」出氣來。或許眞是那樣，但小平次卻以爲老闆是在催促他往下說。

「然後呢，就父母的心情來說，這也不難理解，市毛屋夫婦對阿鈴還不死心，現在也是……十年後的現在，依舊深信女兒還活著。他們認爲阿鈴自橋上掉落時，大概撞到頭部或什麼地方，完全忘了自己的身世和名字、住處。認爲她一定還好好地活在江戶某處，所以一直在尋找阿鈴。他們聲稱，只要有人找到女兒，將付一大筆禮金給那個人。」

「這跟我無關嘛。」

阿由小聲嘟囔了一句，小平次搖著頭說：

「不，沒那回事。阿由姑娘，妳很像阿鈴，容貌、舉手投足，連聲音都像。」

三人吃驚地抬起頭來，他又笑道：

「所以我不是說過，這並不是對你們不利的事。」

讓阿由冒充阿鈴，向市毛屋騙取禮金——這就是小平次打的主意。

「爲了讓阿由姑娘冒充阿鈴，必須請櫻屋夫婦也和我配合。這沒什麼，我會安排一切，你們只要照我說的去做就行了。至於禮金，我們平分。」

老闆咕嚕一聲吞下口水。或許只有這個時候，他認爲只要活著偶爾還是可以遇上好事。

「那個禮金，有多少？」

掌管財政大權的老闆娘精明地問道。

「肯定有一百兩。」小平次若無其事地回答：「看情形，或許更多。雖說只是一家小布襪舖，但千萬不能小看，那可是擁有很多寶物的舖子。」

阿由逐漸感到很無聊，她說：

「那種事怎麼可能成功？」

「爲什麼？」

「你連這個也不知道？布襪舖的女兒，和我這種粗野女人，再怎麼看也不像。」

「阿由姑娘，佛要金裝，人要衣裝。」小平次自信滿滿地說：「再說，阿鈴自永代橋掉落失蹤後，已經過了十年完全不同的生活，就算變得有點粗魯，也不奇怪。主要是容貌和身材，這點最重要，因爲只有這點沒辦法隨便蒙混過去。」

阿由嗤之以鼻地說：

「市毛屋他們爲了尋找阿鈴，拚命地四處打聽，是吧？本所回向院和本町三丁目，雖說中間隔著大川，但畢竟不是江戶和京都相隔那麼遠。阿鈴若住在這麼近的地方，應該早就找到了。這一點你打算怎麼解釋？」

櫻屋老闆夫妻也一副說得也是的表情，彼此對看。小平次朝他們兩人挪近膝蓋，問道：

「櫻屋老闆，你們膝下無子吧？」

老闆輕輕點了頭，老闆娘則一雙數錢時的眼神。

「永代橋崩落那時，你們在河川下游撿到一個女孩，」像在念咒文似的，小平次以唱歌般的聲音對著兩人說道：「是個非常可愛，像人偶娃娃一樣可愛的女孩。而且，那女孩不但忘了自己的父親是誰，連自己的名字和住在哪裡也都忘了。」

老闆娘依舊是以數錢時的眼神望著阿由，令她開始感到畏怯。

「櫻屋老闆，你們偷偷帶那女孩回到這兒，將那女孩當成自己的孩子撫養。因深怕親生父母找來，所以藏藏躲躲地養著她。等那孩子長大成人，成了能夠獨立自主的姑娘，就算親生父母看到了，也無法馬上認出來之後，才讓她在舖子幫忙。」

阿由聽得傻眼地說：

「這種謊言怎麼可能行得通？」

小平次得意地笑了笑，表情看似很滿意阿由如此反駁。

「阿由姑娘，妳終於笑了。告訴妳，我是個能以三寸不爛之舌騙到將軍殿下丁字褲的男人……」

3

小平次告辭後數日，櫻屋老闆夫妻的態度逐漸有了某種微妙的變化。

即使不像阿由這般聰明的女孩，只要處於同樣的立場，不用說也會明白這其中的原因——老闆夫妻不滿阿由拒絕小平次的建議。

眞是意想不到，原來兩人都被利慾熏心了。若是有情有義的人，絕對做不出欺瞞思念過世孩子的父母的事來，何況櫻屋也不窮。阿由認爲，因爲沒錢做壞事，還情有可原，但明明生活毫不困苦，竟爲一大筆錢而動心，實在太可恥了。

對阿由來說，她十分滿足目前的生活。她認爲，與孩提時代相較，自己一個人竟能撐到今日，實在很不簡單。若身體夠強壯，應該可以這樣一直過著看得到天和不缺米飯的日子。萬一生病了，那就到時候再說；無法工作的話，頂多去死而已。現在擔憂那個問題也沒用。反正再怎麼努力，也沒辦法存下三、四個月可以不工作的錢，想要存錢以防萬一，只會更感到一無所有而已。

然而，老闆夫妻似乎不這麼認爲。

如今阿由總算理解了，理解了老闆夫妻數錢時爲什麼眼神那麼陰沉。

原來那並不是表示他們不在乎錢，而是怨恨上天的眼神，因爲再怎麼辛勤工作，一整天下來也只能賺到那點錢。而且，眼前有一個可以扭轉這種不公平的金錢分配的機會，阿由竟然放棄，所以他們極爲生氣。

小平次離去的四天後，老闆夫妻要阿由不用到舖子做事了，並叫她盡快收拾行李滾出去。

「從今天的晚飯到妳離去之前，妳都必須付飯錢。反正又沒在做事，這是應當的吧。」

「老闆娘……」

「不要隨便這樣叫我。」

「爲什麼？我自認爲一直拚命在工作，到底什麼地方做錯了？」

老闆娘那圓木頭般的雙手插在腰上說道：

「因爲妳啊，拒絕了小平次那男人的建議，讓我們在聽了那麼有賺頭的計畫之後，卻不得不放棄。要是那計畫一開始就跟我們無緣，也就不會這麼氣憤了。現在那一伸手就能抓到的寶物已經消失了，再讓妳在眼前這樣晃來晃去，我們當然會氣得受不了。」

老闆娘狠狠關上紙門離開了。

阿由是個難得會感到走投無路的女孩。這回也是在心裡咒罵「死頑固」之後，便迅速開始整理行李。說是行李，其實是一個小小箱籠就能收拾完所有的東西。

江戶是外地人來掙錢的城市。幕府再如何嚴厲取締，外地人還是蜂擁而入。大部分都是即使耕田種莊稼，農作物也多半都無法留在自己手上，對一貧如洗的生活疲憊不堪，認爲到江戶大概可以找到更好的工作，最後放棄務農，赤手空拳來江戶的男人。

因此女人在江戶是物以稀爲貴。只要身邊沒有沉迷賭博的父母，或老是生病的孩子這類專花錢的米蟲親人，光女人自己的話，根本不用賣到妓院，就可以馬上找到工作，而且也可以踏踏實實地養活自己。

因爲不想留下不好的紀錄，阿由俐落地打掃房間。磨損的榻榻米透著這幾年在此度過的回憶，萬萬沒想到竟然是這樣離開。

阿由將箱籠綁在背上，走出房間。此刻櫻屋正是中午愈來愈忙的時候。老闆夫妻一臉比平常更凶狠的表情，冷冷地招呼逐漸增多的客人。

阿由有點不忍心，但馬上轉念一想，是對方把自己辭掉的，就算人手忙不過來，也跟自己無關。比這更重要的是，必須在太陽下山之前，找到今晚的住宿。這個問題比較令人心急。

「那麼，老闆、老闆娘，多謝你們照顧了。」

阿由微微點了個頭，轉身走向裡邊廚房後門。這期間，仍有客人撥開鋪子外那猶如用醬油紅燒的骯髒布簾進來，其中也有正在扒飯，只自大碗邊抬眼目送阿由的客人。

在關上油紙格子紙門時，背後傳來一位客人的粗大嗓音說：

「怎麼了，那女侍辭職了？」

老闆大概只是靜靜點頭。客人到底會怎麼說自己，阿由很感興趣，於是停下腳步，而胸口也不像平日的自己地怦怦跳著。

「哦，是嗎？」

其他客人插嘴說道，是個年輕男子。

「那下次要雇人的時候，最好找個更漂亮、更親切的姑娘。」

「對、對。那個女侍的話，只會讓飯菜更難吃。她簡直像個石地藏。」

客人哄堂大笑。阿由不禁拔腿就跑。

接下來到底該去哪裡？

很久以前，阿由曾聽附近一個要好了一陣子的五穀批發商的下女說過，兩國橋橋畔那家傭工介紹所很親切。沒有什麼背景的年輕女孩，只要人品好，他們也會介紹給踏踏實實做生意的商家。

阿由打算去試試，於是腳步往東邁去。

其實不用仰賴既花時間又花錢的介紹所，路上到處可見鋪子前徵女傭工的貼告。阿由當初也是看到貼告才闖進櫻屋的。她比任何人更相信自己的眼睛和耳朵，始終認為凡事照自己的想法去做最好。

可是這回是因意想不到的原因而離開櫻屋，事情既然演變到這個地步，或許稍微用心找比較好。像現在這種背運的時候，再怎麼急也沒用，只會往更壞的方向一路滾下去而已。

總之，所幸身上有一些錢，短時間內，足夠在廉價旅館住下來。偶爾讓自己這樣奢侈一下也不錯。櫻屋的褥子薄得跟榻榻米沒兩樣，晚上睡覺若不穿棉襖，有時會睡得全身痠痛。旅館的話，無論如何也不會讓客人睡那種爛褥子吧。

穿過熱鬧的通町時，阿由絕對沒有放慢腳步，也沒有四處張望。若是那樣，馬上會被認爲是鄉下人，甚至遭眼尖的壞人盯上。現在阿由懷裡藏著全部的財產，即使不是這樣，揹著箱籠的年輕女孩還是會引人注目。阿由收緊下巴，挺直背脊，一副奉命出來辦事正在趕路的樣子，稍微大步地往前走。

接近柳橋時，她與一群打扮時髦但表情看似有點疲累的姐兒擦身而過，可能這附近有射箭靶場（註），有時會傳來誇張的嬌聲和咚咚鼓聲。這些白天起就在玩樂的男人，以及仰賴這些男人為生的女人那毫不快樂的笑聲，阿由通通拋在腦後，偶爾頂頂下滑的箱籠，默默繼續前進。

阿由來到廣小路，覺得有點渴。只要找到那家介紹所，至少有白開水可以喝吧。以前確實聽說是位於藥研渠附近……

中午已過，塵土飛揚的廣小路，到處可見簡陋的葦棚；有雜技棚和巡迴戲棚，也有說書棚和茶館。阿由從未逛過這種地方，她認為那都是一種浪費，只瞄了一眼便移開視線。接著，她發現腳邊掉落些許青菜，已被踏得沾滿污泥，大概是上午在這裡舖粗草蓆賣青菜的早市攤子留下的。

好可惜。阿由不禁彎腰拾起，有人從背後拍了她的肩膀。

阿由回頭仰望，站在眼前的正是小平次。

4

最後阿由終於妥協，決定前往市毛屋，因為小平次坦白說出了一切。

「至今我已經送了幾個姑娘到市毛屋，可是阿由姑娘，我第一次碰到像妳這麼倔強的。」

註：有些負責拾箭的女孩是私娼。

小平次抓著脖子，對阿由發牢騷。之後，他帶阿由到一家茶館，自己叫了茶水和糯米糰子，勸阿由吃。

「我不餓。」

「唉，別說這種倔強的話。我有點餓了，而且很喜歡這兒的糯米丸子。可是光我一個人吃不好意思，所以要妳陪我吃。」

小平次沒撒謊，他津津有味地將糯米丸子全吃光了。從他對著板著臉的阿由說的話聽來，原來小平次儘管會喝點酒，卻更喜歡甜點。阿由在心裡咒罵，就壞人而言，這一點的確很不像話。

「我必須到介紹所。」

「那妳就把我當成介紹所，姑且聽我說。」

小平次說完接著又告訴阿由一些內情。

「我啊，絕不是那種只做問心無愧的事的人。那時我也跟妳說了，我是靠著三寸不爛之舌才能活到今天。可是阿由姑娘，正如聰明的妳那時所說的，讓妳冒充去騙市毛屋，根本不可能成功，這點我也很清楚。只是，當著櫻屋老闆夫妻的面，我認為那樣說比較好，讓他們深信這是見不得人的事，要不然他們會到處嚷嚷把事情說出去。那可就不好了。」

「然後呢？」阿由有點感興趣地問：「內情是什麼？也是編造的吧？」

小平次笑得差點嗆著了。

「妳眞是個不客氣的姑娘。唉，算了。」

根據小平次的說法，找人冒充阿鈴是市毛屋老闆喜兵衛的主意。

「你說什麼？」阿由幾乎要冒火了，「別開玩笑。世上哪有這種荒唐的事？」

「唉，慢著，慢著。」

小平次伸出雙手阻止打算站起身的阿由。

「妳也眞是急性子。好好聽我說完，之後再生氣也不遲。」

他讓阿由坐下，再度叫了茶水，接著說「妳聽好」，然後探出身子說：

「市毛屋的喜兵衛老闆會出這種主意，是爲了安撫老闆娘阿松。阿松她啊，自從阿鈴行蹤不明，便瘋了。這十年來，她一直活在我們看不見的朦朧雲霧裡，偶爾會突然恢復正常，但都很短暫，馬上又變得不正常。大概雲霧裡比較好過吧；在那個世界裡，可以忘記心愛獨生女過世的事。」

阿由伸手拿起茶杯，喝著已涼的茶水。

「怎樣？妳不覺得很可憐嗎？」

「不知道。」阿由依舊別過臉說道：「不用工作，每天光做白日夢就可以過活，那種生活不也像是極樂世界嗎？我從來沒過過那種奢侈日子，所以不知道。」

小平次這回皺起眉頭說道：

「妳啊，本性大概很冷酷吧。」

「那個阿松老闆娘，要是過的是今天必須拚命工作賺錢，明天才有飯吃，那種悠閒病一定馬上就好了。」

阿由不光是嘴巴上這樣說，還眞的動怒了。對方是有錢的老闆娘，就算腦筋有點不靈光也不礙事，反正大家都會搶著噓寒問暖。

小平次嘆了一口氣，繼續說道：

「唉，算了。妳先聽我說。這個阿松老闆娘活在雲霧中時還好，我剛剛也說了，她偶爾會恢復正常，這個時候就很麻煩；她會開始找阿鈴，等她找不到阿鈴，想起阿鈴已經過世了，會發瘋似地想尋死，聽說已經有好幾次都在緊要關頭時及時阻止。」

小平次說「結果啊」，然後調整坐姿，又說：

「不知所措的市毛屋喜兵衛最後想到一個主意：要是阿鈴還活著，應該差不多這麼大……也就是說，找個年齡與阿鈴相近的姑娘，讓她待在家裡，待在阿松身邊，如何？反正阿松恢復正常不過就兩、三天而已，這期間總可以蒙混過去。當然，爲了不讓阿松覺得阿鈴的手怎麼那麼粗，或讓她覺得爲什麼身上穿著跟下女一樣的破舊衣服，所以那姑娘平日必須過著與生前的阿鈴同樣的生活，而且，爲了應付阿松說『阿鈴，練習一下古箏讓我聽聽』，就算是臨時抱佛腳，也必須去學習完整的技藝。」

眞是令人目瞪口呆的主意。

「那個市毛屋老闆一直在重複這樣的事？」

「是的，至今大概試了三個姑娘。」

「那不是得花很多錢？」

「這點錢，不算什麼。他們家產很多。」

爲了能夠讓老闆娘正常，花再多錢也無所謂嗎？阿由對那個未曾謀面的市毛屋老闆感到非常厭惡。

「那根本不用找上我，讓那些女孩繼續冒充不就好了？」

小平次搖搖頭說道：

「那些姑娘有自己的父母和兄弟姊妹，不能老是把她們綁在市毛屋。前些日子冒充阿鈴的那姑娘是馬喰町一家紙舖的女兒，因爲談好了親事，不好意思讓她繼續留在市毛屋。」

阿由哼哼嗤笑地說：

「那乾脆去找個沒親人的女孩不就好了？讓她一直待下去。」

小平次砰地拍了一掌。

「對啊！妳說得沒錯。可是阿由姑娘，儘管阿松腦筋不正常，她也沒完全忘記女兒的長相。找個長相完全不同的姑娘，就算讓她叫阿松阿母也是沒有用的。所以首先要找個面貌至少有點相似的姑娘，但是這種姑娘又不是到處都有，不可能湊巧會碰上沒親人的姑娘。不，說眞的，阿由姑娘，妳倒是頭一個能夠同時符合這兩個條件的姑娘。」

阿由默不作聲，心想，那又怎樣？

「唉，阿由姑娘。」小平次換成討好的口吻說道：「妳考慮看看好不好？雖說是騙局，但對方是受騙了反而比較幸福，妳要是騙阿松，等於是在幫助她。而且這事不難，妳就當做是有點與眾不同的下女工作，進市毛屋做做看好不好？喜兵衛老闆那邊，也無意一輩子綁住妳，只要妳不想做了，隨時都可以辭，到時候，他會另外給妳一大筆禮金。另外，喜兵衛老闆甚至說，如果妳一直待在市毛屋冒充阿鈴，有人來提親的話，他也很樂意幫妳張羅嫁妝。」

阿由沒有回應，默默考慮今後的事。

去當布襪舖的獨生女？去學古箏和插花？死去的阿爸若聽到了，不知會有什麼表情？

阿由喝了一大口茶水，再咬著串烤糯米丸子，勉強吞下有點乾的丸子時，小平次笑開了。

「答應了？妳答應做了？」

阿由瞪了他一眼。糯米丸子一點都不甜。

5

阿由一見面就開門見山地表示自己是來當下女。

「所以在老闆娘恢復正常，我必須演戲之前，請讓我做一般下女的事。古箏和插花我都不願意學。」

市毛屋老闆喜兵衛是個令人不禁會想到麻雀的矮小男人，當他彷彿嚇了一跳睜大既黑又圓的眼睛時，更像麻雀了。若有人在他吃飯時挨近，他恐怕會慌張地跳起來。

不過至少喜兵衛比小平次穩重。或許基於自己是當事人，而且出錢的是自己，他對阿由那種一板一眼的口吻，並沒有像小平次那般手足無措地搔著頭。

「可以。」喜兵衛說道：「阿由姑娘，妳就照妳的方式，只是妳必須以下女身分專門負責阿松身邊的瑣事。這樣一來，她外出時，妳也必須跟在她身邊，所以妳不能穿得過於破舊，請妳穿我們這邊準備的衣服和腰帶，並插髮簪。另外，打掃和煮飯、汲水這類的事，妳都不能動手，因爲妳是阿松專屬的下女。這樣可以嗎？」

這樣的話，結果還不是一樣。阿由咬著牙，覺得輸了一著。看著喜兵衛那若無其事的表情，她感到很不甘心。

阿松果眞活在別人看不見的雲霧世界裡。既然是老闆娘專屬的下女，再不情願也得每天去看個幾次，而每次去，她總是面向窄廊端坐，一副傾聽黃鶯初試啼聲的模樣，微微歪著頭，雙手擱在膝上，阿由只能端看她那姣好的側臉。

而且，阿松也僅是那樣而已；像壁上的掛軸，只存在那兒，只是人在那兒而已。雖然她也會吃飯、上廁所、洗澡、更換衣物，但完全沒有活生生的人的感覺，像是個只會散發香味、會動的漂亮人影。

也因爲如此，阿松不難伺候。目前，她也沒有會突然恢復正常的徵兆。阿由感到很無聊，至今從未像現在覺得時間這麼難熬，又因爲身體全然不累，晚上也就睡不著覺，鑽進被褥後傳來本所橫川町報時鐘聲，總覺得聽起來比石町的報時鐘聲更沉重。

（覺得無聊的話可以去學技藝。）

由於不想聽喜兵衛這樣說，阿由每天盡量不發怨言，可是由於晚飯不得不和兩位臨時父母一起吃，對方似乎也察覺了阿由的無精打采。每當老闆以詢問的眼神望著阿由，事後阿由單獨一人時，總會氣得滿肚子火。

阿由寧死也不願去學技藝。對阿由來說，那些技藝絲毫派不上用場，而且阿由更清楚的是，在同一個天空下，有些女孩爲了明天的三餐，得在燈火下拚命做針線活直到深夜。

那就更別說什麼古箏、插花、習字了。要是去學那些東西，阿由往後大概無法抬頭挺胸地走在路上。

畢竟，目前的生活跟巡迴戲團類似。無論睡的被褥再如何鬆軟溫暖，身上的衣物花樣再如何精緻，都不屬於阿由，都只是十年前過世的那個女孩曾經享受的奢侈幸福殘羹而已。只是目前的阿由正是靠撿拾這些殘羹爲生。

有時候，阿由會自怨自艾地流淚，濡溼枕頭。在第二天早上打算逃離市毛屋時，被早起的傭工發現，又給帶回來。

住在市毛屋的傭工，對老闆忠實得簡直像狗一樣。話雖如此，那份忠義，似乎又並非基於他們打從心底敬慕老闆夫妻的感情。

他們非常明白，市毛屋是相當好的舖子，工資比一般行情高，老闆對傭工也很體貼。因此，他們不想讓這麼好的舖子出問題，認爲負責照顧老闆娘的阿由也應該盡自己的本分——這大概就是他們的想法。

阿由最厭惡傭工的態度，尤其是負責家事的那些下女對她鞠躬稱「小姐」時，毫無眞心可言。她很想與她們更坦然地閒聊。有一次她趁喜兵衛不注意，偷偷拜託資格最老的下女，對方皺著眉搖頭說：

「不行呀。我們平日不叫習慣的話，到時候就無法把妳當小姐看待。而且老闆也嚴厲叮囑過我們……」

阿由嘆了一口氣，同時也死心了。

每天在一旁看著大家忙碌地工作，自己無所事事地過完一天。要是過慣了這種日子，人會變得懶散。阿由開始擔憂起來。

鋪子裡的傭工都很勤快。大概領頭的老闆喜兵衛是個以工作爲樂的男人，所以底下的傭工也都很起勁。

聽說喜兵衛唯一的消遣是每月一訪神田佐久間町的下棋對手，徹夜一決勝負。又聽說那位下棋對手是個町醫生，平常也很忙，非常期待這個每月一次的下棋。老下女笑著對阿由說，連老闆在這天也會外宿。

所謂消遣，就該這樣才對。阿由心想，首先，最重要的是勤快工作，可是目前自己——不過僅有一個人，在這樣的日子裡，讓阿由有個可以喘息的空間，那就是掌櫃友次郎。

他比喜兵衛年長兩、三歲，臉上的膚色像是用醬油紅燒過似的，手指也很粗糙。說是掌櫃，其實原本是師傅出身，現在只要有重要客戶來訂貨，這男人也會親自拿著針線縫布襪。

將近立春的某一天，阿由趁喜兵衛外出，因無聊來到鋪子時，這個友次郎叫住了她，說如果覺得無聊的話可以教她縫布襪，事情就是這麼開始的。

「順便教妳習字。只要學會這兩樣，等妳完成工作要離開時，應該對妳的生計有幫助。」

阿由欣喜地接受這個建議。友次郎的教法很巧妙，阿由也本來就手巧，學得很快。友次郎非常讚嘆地說，只要認眞學，將來或許可以成爲縫製皮襪的師傅。

難學的反倒是習字。友次郎也是個忙碌的傭工，白天根本抽不出時間。四十過後才結婚，成爲通勤掌櫃的他，每天晚上必須回松坂町的家，只能偷空教阿由讀寫。阿由也在白天趁喜兵衛外出時，蹲在下半部是木板的格子紙門後，請教問題。

話雖如此，習字是件有趣的事。光是想到將來對自己有益，就令阿由學得興致勃勃。

大概友次郎也同情這樣孤單一人的阿由，於是告訴阿由市毛屋夫婦——不，喜兵衛萌生這奇妙主意之前的來龍去脈。

通常友次郎是到阿由那朝南的小房間去看她縫布襪的情形，若縫得不好便再教一次，若縫得好便稱讚阿由，這時才會聊起那方面的話題。因為他不能離開舖子太久，也就無法每次坐下來仔細說明。

「這事啊，本來就是那個人不對，說什麼阿鈴小姐還活在世上。」

「是誰說的？」

「算命先生。」友次郎皺著臉。即使掌櫃皺著臉仍令人覺得是個好人。

「當時，一直找不到阿鈴小姐的屍體……跟小姐一起到八幡宮的人，屍體都找到了，只有小姐怎麼也找不到。所以老闆娘才深信『既然如此，阿鈴一定還活著』。有一陣子，老闆也幾乎相信了，於是找來算命先生。明明知道那些人只會說客人想聽的話。」

因為算命先生也說「阿鈴小姐還活在世上」，阿松憑著這句話益發抱著希望地尋找。可是用盡了各種方法，花錢請人到處尋找，始終沒有好消息。結果阿松逐漸精神失常——

「掌櫃也認為小姐或許還活著嗎？」

友次郎默默搖頭，是那種很篤定的意思。

「我認為如果還活著，早就回來了。」

也許吧——阿由也這樣想。

「你們不如說服老闆，勸他停止這種跟演戲沒兩樣的事。我覺得這樣繼續下去，對老闆娘一點幫助都沒有。」

友次郎對著阿由微笑。

「大概吧……不過阿由姑娘，就算是錯誤的事，但這錯誤卻是心靈的寄託，妳會怎麼辦？」

「心靈寄託？」

「是的。所謂本所七怪事，妳不知道嗎？其實也沒什麼，只是湊合些微不足道的故事而已，其中有個故事叫〈不滅的掛燈〉。」

一家蕎麥麵攤子的掛燈，無論風吹雨淋，總是亮著燈，沒有人看過掛燈熄滅，而且也沒有人看過攤子小販在那掛燈添油——這是故事的內容。

「這故事本來沒什麼，不過，阿由姑娘，我覺得對老闆娘來說，相信『阿鈴小姐還活著』，大概就是一盞『不滅的掛燈』。爲了活下去，要有能照亮腳邊的掛燈。」

友次郎的神情看似有點痛苦。

「十年前那天，老闆娘告訴小姐，她覺得心驚肉跳，便阻止小姐，叫小姐不要去八幡宮。可是親戚那邊很期待小姐去，當然小姐自己也很想去，所以老闆向老闆娘說情，最後送小姐出門了。我想對老闆娘來說，她一定非常後悔，早知道那時應該強力阻止小姐，阿鈴小姐也就不會死。」

阿由想起阿松那人偶般毫無表情的臉。

「所以我可以理解爲什麼老闆娘會如此堅信『阿鈴沒死』的那種心情。」

阿鈴還活著，她在學古箏、學插花，日後將繼承這個家——

原來是內心的那盞不滅的掛燈，阿由認爲或許那盞掛燈就叫做夢想或希望。

自從聽了友次郎那番話，阿由開始溫柔地對待阿松。反正她是個完全與世隔絕的人，倒也沒什麼特別該做的事，只是阿由比以前更頻繁地向她搭話，也會陪她一起眺望院子。

同時，阿由也開始覺得這項怪工作不再那麼辛苦。不但可以從友次郎那邊學東西，而且她開始認爲，待在阿松身邊——並非受人之託，而是打從心底出於自願——是自己該盡的責任。

然而，二月中旬一個飄小雪的夜晚，發生了一件攪亂阿由平靜心情的事。

是火災。

6

即使江戶仔早已習慣火災，但聽到急促連續敲打的火災警鐘時，仍會覺得恐怖。阿由從被褥裡跳了起來，看到西方上空因火焰染得通紅時，俐落地整理隨身物品。

傭工雖然東奔西竄，卻也在打聽過火勢後，開始用繩索綁住該帶出去的物品，或將可以泡水的物品沉入水桶。聽說火災地點是桐生町一丁目，不巧這邊位於下風，所以不能輕忽火災的演變。

阿由也是第一次這麼近距離觀看火災。映照著夜空的火焰，雖可怕，卻也很美。阿由痴迷地看了一會兒，聽到從松 町趕過來，正口沫橫飛指示傭工的友次郎的聲音時，她才回過神來。

「阿由姑娘，老闆娘就拜託妳了！」
阿由這才想到喜兵衛今晚不在家，他爲了每月一次與棋友一決勝負出門去了。
阿由奔至阿松的寢室。阿松坐在褥子上，眼神依舊渙散，但是正要換下睡衣。阿由制止了她，並在她穿得熱熱的睡衣外面披上幾件衣服，將她帶到屋外。
所幸火災沒有延燒到桐生町外便撲滅了，就在天快亮之前。
阿由和阿松暫且到龜澤町一個熟人家避難時，熏得滿臉油煙的友次郎過來問道：「老闆還沒回來嗎？」那時正是令人冷得腳尖發痛的清晨。
「是，還沒回來。」
接著，另一個聲音說：
「喜兵衛老闆到哪裡去了？」
此人聲音嘶啞。阿由回頭一看，說這話的人正站在眼前，友次郎向他行禮說道：
「原來是回向院的頭子。」
他是負責本所這一帶案件的捕吏。人稱回向院茂七，年齡大約五十出頭。他向阿由搭話時，聲音帶點感興趣的語調。
「咦，妳是現在的阿鈴小姐嗎？小平次那傢伙眞會找，每次都找來容貌很像的人。」
阿由吃了一驚地說：
「頭子，您認識小平次先生？」
「認識。那個人啊，雖然有點狡猾，但碰到市毛屋老闆這種怪請託時，他是個相當靠得住的傢伙。」

友次郎向茂七說明老闆的行蹤，茂七用力點頭。

「原來是佐久間町。昨晚風不是很大嗎，聽說神田多町那邊也失火了。喜兵衛老闆可能被那邊的騷動擋了去路，想回來也回不來吧。」

友次郎臉色蒼白地說：

「難道是被神田那場火災波及……」

茂七搖搖大手掌說：

「沒有。反正他就只有一個人。放心，一定會回來的。」

果然如茂七所言，中午過後，喜兵衛突然回到舖子。當然人是好好的，衣服也沒亂，表情沉穩，和舖子裡傭工的疲憊表情迥然不同。

友次郎派人前去通報茂七，回向院茂七立即趕了過來，慶幸喜兵衛安全回來。喜兵衛請頭子進裡屋，對害他擔憂一事致歉，並對自己不在時承蒙照顧一事鄭重致謝。茂七爲舖子平安無事感到欣喜，同時也隨口向明明醒著卻一副尙未睡醒般發呆的阿松搭話。

阿由坐在阿松一旁，悄悄伸手撐著她的手肘。喜兵衛看到了，阿由也看到他嘴角微微笑。

可是這時茂七問道：「神田那場火災，火勢很大吧？有沒有鬧得很厲害？」喜兵衛的微笑消失了。他看似有點心虛。

「唔，的確是這樣。」

喜兵衛沒有對傭工做任何說明。不過他知道火災的事。他只對傭工說，當時人在外頭，因爲人潮和火勢一時回不來，心想，友次郎應該會設法處理這邊的事，所以一直到現在才回來。

就在此時——

或許是阿由聞錯了，也或許是阿由多心。

可是阿由確實聞到了從喜兵衛的衣服飄來一陣甜甜的香味，這味道正好跟她在路上與柳橋姐兒擦身而過時聞到的一樣。

此外，阿由又察覺一件事，回向院茂七頭子似乎也跟自己一樣聞到那陣香味。

（他到女人那兒……）

阿由心裡正這麼想時，不經意地望向阿松，發現阿松恢復了正常。

這不過是瞬間，眨眼間的事而已。阿松眼神恢復生氣，嘴唇緊閉，眉毛很有精神地往上揚。阿松的兩隻眼睛沒看著阿由這邊，她看的是喜兵衛，眼中就只有他的臉。

然後阿松又馬上恢復人偶般的表情。

火災之後過了十天，阿由突然被辭了。是喜兵衛開的口，而且他依約給了阿由一大筆禮金，並送她兩匹布。

阿由沒有拒絕。雖然她很想再跟著友次郎學習，不過那總可以另想辦法。比這個更重要的是自己大概無法繼續待下去了。

與來時一樣，阿由揹著箱籠，邊想著是否該再回去日本橋邊走在路上時，有人在她肩上拍了一下，這回站在身後的是回向院茂七。

「果然被砍頭了？」

「是。」阿由點頭。茂七像是看到了刺眼的東西，瞇著雙眼俯視阿由。

「阿由，妳知道爲什麼會被砍頭嗎？」

阿由認爲自己知道，只是沒勇氣說出來。

火災那晚，喜兵衛一定在女人那兒，而且對方很可能是他金屋藏嬌的女人，代替長久以來像個人偶的阿松，盡喜兵衛妻子的義務。他說神田佐久間町有個下棋的棋友，實在很可疑。那大概只是藉口吧，其實他是在其他地方……

而且阿松也知情。那時阿松的表情，除了嫉妒和憎恨之外，別無其他。

友次郎說十年前阿鈴要去八幡宮時，阿松開口阻止，後來她因責怪當時自己沒有強力阻止而發瘋了。

可是阿由現在卻認爲事實眞是如此嗎？

阿松責怪的或許不是自己，而是當時跟自己說情，讓阿鈴出門去觀看八幡宮祭典的喜兵衛吧？這對夫妻不是一起悼念過世的女兒，而是始終彼此在挖對方的傷口吧？結果在家中無法得到平靜的喜兵衛，在外面養女人，阿松則在泥沼中愈陷愈深。

但是阿松絕對沒有發瘋。她只是假裝發瘋，以故意浪費丈夫汗流浹背所積攢的家財，讓他老是注意不讓壞風聲傳出去來自娛。雖說是裝瘋，但事出有因，喜兵衛總不能置之不理。

那天，阿由從阿松的眼神看到了連鋪子傭工都沒察覺的夫妻之間那種絕望之戰的冰山一角。不滅的掛燈，阿由想起友次郎告訴她這個典故時的慈愛表情。

然而市毛屋夫妻那盞不滅的掛燈，或許跟友次郎所想的不同，其實燃燒的是憎恨之油也說不定。

活在這世上，真的一點好事都沒有。

阿由猛然回過神來，發現茂七凝視著她。捕吏臉上浮出苦笑。

「阿由姑娘，妳現在心裡所想的事，大概跟我一樣。」

阿由露出笑容。

「以後妳打算怎麼辦？」

「我想暫時先回通町。」

「要是遇到困難，隨時可以來找我。我，還有小平次，應該都可以幫忙。」

阿由道聲謝謝，朝兩國橋走去。茂七在背後喊道：

「改天，妳再過大川來本所吧。下回一定讓妳看到更乾淨的東西。」

阿由只微微轉過頭，默默點了個頭，茂七頭子向她揮手說：

「一定喔，一定要再來喔。」

在阿由看來，茂七頭子似乎很過意不去。

二月河風吹來。阿由在橋中央頂了頂箱籠，繼而打了個大噴嚏。

解說

詭怪傳說與捕物結合的連作集
——談《本所深川不可思議草紙》

傳博

※本文涉及謎底，請務必閱讀正文後，再行閱讀。

本書《本所深川不可思議草紙》是宮部美幸的首部時代小說集，以本所、深川一帶流傳的七件不可思議的傳說爲故事背景的連作短篇集，共收錄七篇。若只從書名，很容易令人聯想成是奇幻小說，其實非也，而是以人情和風物詩取勝的捕物小說。

明治維新（一八六八年）以前，逮捕罪犯稱爲「捕物」，凡是以捕物爲題材的小說均稱爲「捕物小說」。

捕物小說的創始，比江戶川亂步發表〈兩分銅幣〉早六年，身兼劇作家、小說家和劇評家的岡本綺堂，於一九一七年發表的〈阿文的魂魄〉，便是日本的第一篇捕物小說。之後岡本持續發表捕物小說，至一九三六年，共計高達六十八篇短篇，主角是三河町的半七捕吏。半七系列稱爲「半七捕物帳」。

當時科學尚未發達，談不上科學辦案，捕吏都是從案件關係人的人際關係，或鄰近的風評，再憑著直覺找出嫌犯。作者爲了彌補這種不太邏輯的辦案情節，以及豐富故事內容，便在故事裡介紹當時百姓的生活環境和該地風光。

由此可知，岡本綺堂所發明的捕物小說的特徵是，「捕物加上人情與風物詩」。之後很多作家承襲「半七捕物帳」的寫作形式，確立了捕物小說。

既然是以捕物與人情、風物詩爲主題的捕物小說，那麼就作者或故事內容來說，對捕物、人情、風物的比重便各有不同，有的以捕物取勝，有的以人情或風物詩取勝，近年來，前者已被認同是推理小說的一種，稱爲時代推理小說。

《本所深川不可思議草紙》的風物詩便是那七件詭怪傳說，而且每篇都以這七件詭怪傳說爲名，是本書的特色之一。其第二個特色是，每篇均以少女或少婦爲主角，是以人情取勝的捕物小說，而捕吏茂七則是配角，對於案情的描述與辦案經過著墨不多。

第一篇〈單邊蘆葉〉：壽司舖近江屋老闆藤兵衛，某天深夜在本所的駒止橋上被殺，街上流傳是女兒美津所爲。藤兵衛做事嚴格，卻是個吝嗇鬼，聰明而善良的美津，對這樣的父親非常反感，兩人的相處格格不入，因而有此殺父流言。但是自少年時便認識美津的彥次卻獨排眾議。

葬禮那天，彥次發見一名行跡可疑的少女，並告訴辦案的捕吏——回向院茂七。明治維新以前，日本的老百姓沒有姓，只有名，冠在名字上的都是商號或地域名，例如近江屋藤兵衛。回向院是寺廟名，是那一帶的地標，住在回向院附近的茂七，因而被稱爲回向院茂七。茂七根據彥次提供的消息，找到那位少女，整個案子意外收場。

生長在駒止橋畔的蘆葦，不知何故，其葉子並不是左右互生，而是集中長在一邊，被稱爲「單邊蘆葉」，於本文象徵美津與彥次的過往，美津已忘記，而彥次卻清晰記得，成了破案的遠因。雖然是短篇，故事相當複雜，是篇人情小說佳作。

第二篇〈送行燈籠〉：阿倫自八歲就到本所深川的菸草批發商大野屋當女傭，伺候千金小姐。阿倫今年十二歲，十五歲的小姐愛上了一名青年，她爲了成就自己的戀情，令阿倫替她許願，每天深夜去回向院院內拾回一顆小石子，如此連續一百天，而且在這段期間裡絕不能讓人撞見。拾回來的這一百顆小石子必須寫上愛人的名字，然後丟入大川。

小姐的命令阿倫只能服從，但是小伙計清助十分同情阿倫，並且願意替她去許願，然而阿倫堅持自己去。往返大野屋和回向院需要一個小時。第一天深夜阿倫便遇到傳說中的「送行燈籠」。

於深夜走在路上，背後有一盞燈籠，不即不離地跟隨，到了目的地時，要留下腳上的一隻草鞋，和丟下一個飯糰，否則會被送行燈籠吃掉。阿倫自回向院回到大野屋時，清助在後門口等她，總算逃過了傳說中的災難。

第二天，送行燈籠每夜跟隨在阿倫身後，而清助也總是在後門口等她，這樣經過了大約一個月的某天深夜，阿倫回來時，看到舖子遭人搶劫，清助爲了保護小姐因而受傷。阿倫將幾天前與小姐出去時所目睹的一切告訴捕吏茂七，案件意外收場。然而送行燈籠的眞相呢？

第三篇〈擱下渠〉：賣魚的庄太遭人殺害，留下妻子阿靜與一歲的角太郎，坊間傳出庄太是被擱下渠的水怪——岸涯小鬼所殺，因此庄太也變成了水怪。

某天晚上，阿靜在門口發現水怪的腳印，接下來的兩天也是。阿靜認爲這些腳印是庄太回家的證據，第四天晚上，她帶著角太郎去擱下渠找丈夫，果然聽到了丈夫呼喚她的聲音。她將此事告訴隔壁的阿豐，第二天晚上阿豐跟隨阿靜再次來到擱下渠，而捕吏茂七也來到擱下渠準備逮捕凶手，案件意外收場。

第四篇〈不落葉的櫧樹〉：松浦豊後守的宅邸有棵大櫧樹，傳說到了秋天也不落葉，是本所七怪事之一。作者認爲這是不合情理的傳說，因爲櫧樹並非落葉樹，秋天不落葉是十分正常的事。又，松浦宅裡還有許多樹木，如銀杏、櫟樹、楓樹等落葉樹，但是沒有人看過宅邸四周有任何掉落的枯葉，到底是在什麼時候掃得如此乾淨。作者推測，或許是從大家的這種疑惑轉而成爲「不落葉的櫧樹」的傳說。

本篇故事與傳說沒有直接關係，主旨是「如果沒有落葉，命案可能另有不同的解決方法」。落葉季節的某天夜裡，商家老闆在石原町小巷被刺殺身亡。捕吏茂七趕到現場說：「眞倒霉，要是沒這麼多落葉，地上應該會留下凶手的腳印，至少可以知道凶手從哪邊來，往哪邊去。」聽到這話的五穀批發商小原屋女傭阿袖，便每天晚上打掃該巷子的落葉。

在阿袖年幼之時，也是落葉季節的某個晚上，父親被殺，屍體四周布滿落葉，至今仍找不到凶手。從阿袖複雜的掃落葉動機，讓故事有令人意外的發展。

第五篇〈愚弄伴奏〉：街上頻傳每逢滿月的晚上，便有人持剃刀砍傷年輕女子的臉。有一天，阿年因爲未婚夫宗吉的不尋常舉動，來到伯父家找茂七商量，她看到一名叫阿吉的少女，正對著茂七說出自己的殺人經過。

幾天後的黃昏時刻，阿年看到站在小名木川橋上的阿吉，阿吉問阿年：「妳聽過愚弄伴奏嗎？」「愚弄伴奏」是本所的七怪事之一；深夜醒來時，會聽到忽遠忽近的樂器伴奏聲，然而就是不知這聲音是從哪來。阿吉又說：「男人都是愚弄伴奏！」表達其男人觀，就在這個時候有人走了過來，故事進入最高潮。

第六篇〈洗腳宅邸〉：小飯館大野屋老闆長兵衛，半年前娶了後妻阿靜，幼小的女兒美代很喜歡這位美麗又能幹的繼母。

有一天晚上，阿靜被惡夢驚醒。阿靜年幼時家境貧困，從小便在旅館工作，替旅客洗骯髒的腳，只要一天洗十個人就有晚飯吃，洗二十個人，明天就可以繼續在旅館工作。骯髒的腳總也洗不完，這種童年時的不好經驗，偶爾會在夢裡出現。

美代想起本所的七怪事之一「洗腳宅邸」，便告訴阿靜。住在某宅邸的人睡著時，一雙大而髒污的腳穿破天花板，命令那個人：「洗！洗！」如果把腳洗得乾淨就有福報，否則會大禍臨頭。美代並安慰阿靜：「阿母小時把很多骯髒的腳洗得很乾淨，應該會有很多福報。」

之後，阿靜雖然不再做惡夢，家裡卻連連發生怪事。有一天美代發現一名少女站在庭院外的小巷子凝視著她。之後少女一再出現，每當美代走近，少女便快速跑開。

又某天夜裡，長兵衛於睡中莫名奇妙地大喊，幾天後又再度大喊。而那名少女也不斷出現，並告訴美代：「再過不久，不幸，一定降臨。」然後轉身逃開。捕吏茂七如何破解這件怪事？故事有令人意外的發展。

第七篇〈不滅的掛燈〉：故事架構與前六篇有點不同。故事前半描述二十歲的女主角阿由童年時代的境遇，她從十歲起便要照顧愛喝酒又沒出息的父親，在她十五歲時，父親去世，她成了孤兒，在食堂做事。阿由在艱苦的環境下努力活著，培養出一套自己的嚴格人生觀、擇偶觀，尤其是她的男性觀具有獨特的見解，也許是今年已四十七歲的宮部美幸之未婚的寫照？值得玩味！

後半篇寫阿由被貪婪的飯館老闆解雇，到布襪店市毛屋工作後，與老闆喜兵衛及其妻子阿松的互動，道出家家有本難念的經。

本所有「不滅的掛燈」傳說，一家蕎麥麵舖的掛燈不管是雨天抑或刮風，都不會熄滅，也沒有人看過誰為它添油。在本文，不滅的掛燈象徵阿松相信在大地震失蹤的女兒阿鈴仍然活著，而鼓勵自己生存下去的一盞燈火，可是……

這篇沒有犯罪案件，捕吏茂七扮演和藹的老人。是一篇人生小說的佳作。

本書於一九九一年四月出版，翌年獲第十三屆吉川英治文學新人獎，宮部美幸在頒獎典禮的致詞中提到撰寫本書的靈感，來自娃娃燒餅的小田家包裝紙上的「本所七不可思議」圖案。所以本書裡的詭怪傳說自古便有。雖然這七件傳說在每篇的角色與所占比重不同，但讀者各自有喜愛的吧！你或妳，最喜歡那一篇？

宮部
美幸

作品集 / 05
Miyabe Miyuki

本所深川不可思議草紙

國家圖書館出版品預行編目資料

本所深川不可思議草紙 / 宮部美幸著；茂旅美耶譯. - 二版.- 臺北市：獨步文化，城邦文化初版：家庭傳媒城邦分公司發行,
民 106.10
冊；　公分. --（宮部美幸作品集：05）
譯自：本所深川ふしぎ草紙
ISBN 978-986-95270-3-3（平裝）
861.57　　106015667

原著書名 / 本所深川ふしぎ草紙・作者 / 宮部美幸・翻譯 / 茂呂美耶・責任編輯 / 簡敏麗（初版）張麗嫻（二版）・編輯總監 / 劉麗眞・行銷業務部 / 徐慧芬、李再星・總經理 / 陳逸瑛・榮譽社長 / 詹宏志・發行人 / 凃玉雲・出版 / 獨步文化 城邦文化事業股份有限公司 台北市中山區104民生東路二段 141 號 5 樓 電話 / (02) 2500-7696 傳眞 / (02) 2500-1966; 2500-1967・發行 / 英屬蓋曼群島商家庭傳媒股份有限公司城邦分公司 台北市中山區民生東路二段 141 號 2 樓・網址 / WWW.CITE.COM.TW・讀者服務專線 / (02) 2500-7718; 2500-7719・服務時間 / 週一至週五：09：30-12：00、13：30-17：00・24小時傳眞服務 / (02) 2500-1990; 2500-1991・讀者服務信箱 e-mail / service®readingclub.com.tw・劃撥帳號 / 19863813 戶名 / 書虫股份有限公司・香港發行所 / 城邦（香港）出版集團有限公司 香港灣仔駱克道 193 號東超商業中心 1 樓 / (852) 25086231 傳眞 / (852) 25789337 E-mail / hkcite@biznetvigator.com 馬新發行所 / 城邦（馬新）出版集團 Cite (M) Sdn. Bhd. 41, Jalan Radin Anum, Bandar Baru Sri Petaling,57000 Kuala Lumpur, Malaysia. 電話 / (603) 90578822 傳眞 / (603) 90576622・封面設計 / 蕭旭芳・排版 / 陳瑜安・印刷 / 中原造像股份有限公司・2007 年（民 96）1月初版・2017 年（民106）10月二版・定價 / 260 元

Printed in Taiwan　ISBN 978-986-95270-3-3

宮部みゆき